纽伯瑞国际大奖小说

风之丘

The Windy Hill

[美]科妮莉亚·梅格斯/著 赵雨露/译

团结出版社

图书在版编目（CIP）数据

风之丘 /（美）科妮莉亚·梅格斯著；赵雨露译. -- 北京：团结出版社，2022.4
（纽伯瑞国际大奖小说）
ISBN 978-7-5126-9383-8

Ⅰ.①风… Ⅱ.①科… ②赵… Ⅲ.①儿童小说—中篇小说—美国—现代 Ⅳ.①I712.84

中国版本图书馆CIP数据核字(2022)第077792号

出版：团结出版社
（北京市东城区东皇城根南街84号 邮编：100006）
电话：(010) 65228880　65244790　（传真）
网址：www.tjpress.com
Email：65244790@163.com
经销：全国新华书店
印刷：大厂回族自治县德诚印务有限公司

开本：145×210　1/32
印张：67.75
字数：1070千字
版次：2022年11月　第1版
印次：2022年11月　第1次印刷

书号：978-7-5126-9383-8
定价：198.00元（全九册）

出版说明

纽伯瑞儿童文学奖（The Newbery Medal for Best Children's Book），又称纽伯瑞奖，是以英国著名出版家约翰·纽伯瑞而命名。于1922年由美国图书馆学会（American Library Association）的分支——美国图书馆儿童服务学会（Association for Library Service to Children）创设建立，专用于表彰在美国儿童文学界有伟大贡献的作家们。至今已成为整个美国乃至全世界公认的儿童文学大奖。

纽伯瑞出生在英国的一户农家，他是自学成才的儿童文学作家和出版家。他打破当时保守的风气，崇尚"快乐至上"的儿童教育观念，开辟英美儿童文学之路，所以被后人称为——儿童文学之父，纽伯瑞的贡献对于儿童文学，可以说是个重要的里程碑。

纽伯瑞奖每年评选颁发一次，奖励前一年度出版的优秀英语儿童文学作品。此奖项设立金、银两个奖章，每年金奖设立一部、银奖设立一部或多部。设立至今，几百部优秀儿童文学作品已经荣获此奖项。

我们本次通过精心挑选、细致编辑，为大家整理了此套纽伯瑞国际大奖小说丛书，全套九册，多为历届获奖作品中的金银奖章作品。

选取故事也多元丰富，或滑稽、玄妙，或温存、美好，或是展现不畏艰难的生活态度，亦或是在民族历史背景下的奋进。本本都各具特色，引人入胜，下面让我们先睹为快吧！

《老烟草店的故事》（又名《弗雷迪历险记》）以小男孩弗雷迪的视角，叙述他进入烟草店后的种种奇遇，结识了许多奇奇怪怪的朋友：店主托比、阿曼达姨妈、平奇先生、两个怪老头、水手等……在弗雷迪偶然一次偷吸了中国烟草而召唤出水手米曾后，他和朋友们进行了一次跨时空的魔法冒险。而文末笔锋一转又恰似一场梦境，梦醒回到现实更增添的是对时间的感悟。

《银色大地的传说》由十九个独立成篇的南美洲印第安民间传说组成。作者结合自己独特而丰富的南美洲旅行经历，从幽暗的丛林到无边无际的草原，从万里无云到白雪纷纷，俯瞰耸立的怪石，探索神秘的海底……让我们尽情遨游古老而神秘的异国大陆。同时书中人类与巨人、怪兽、女巫等超自然力量的斗争，又让故事惊险而有趣，堪称世界儿童文学中的珍品。

《海神的故事》是一部由幽默风趣的美国人讲述的中国民间故事，充满传奇色彩的故事扣人心弦。筷子的诞生、风筝的来历，呈现出似真似假的传说；买儿子的温父、懒汉阿喜、正事反干的真俊，一个个鲜活的人物看似可笑，却又从不同层面传达了中国古代人民数千年的智慧和思想精髓。

《扬子江上游的小傅》是一个充满着冒险和奇遇的励志故事。真实地再现了在军阀割据的年代，一个初到大城市重庆的农村少年小傅，被大名鼎鼎的铜匠唐老板收留为徒、视为义子，与同命相连的小李结下了深厚友谊，跟随年老傲骨的王秀才读书认字……小傅面对生活艰辛、城里人的歧视、时局动荡等等一系列问题，用淳朴的灵魂不断挣扎、成长，最终站稳脚跟。

《银顶针的夏天》故事发生在富有人情味的田园乡村，十岁的小女孩加内特在酷热的夏天，从干涸的河床上拾到了一枚银顶针，仿佛银顶针带来了魔法，使她的生活发生了一系列奇妙的变化：久旱的农场迎来酣畅的大雨，流浪汉埃里克成为她家里的一员，小猪提米荣获展会蓝丝带……这么多幸运的事情都在拾到银顶针后的夏天到来了。我们体会了纯真的乡间生活的同时，也感悟到人情的美好。

《消失的湖》讲述一对表兄妹朱力亚和波西娅暑假探险途中，无意间发现了大沼泽边矗立的一片颓废"鬼城"社区，开启一段神奇的冒险之旅。他们结识了乐观开朗的明尼婆婆和品达爷爷，得知了沼泽曾是美丽的湖泊，"鬼城"曾是考究的社区的秘密，这个奇妙的假期，他们用善良、勤劳、乐观的态度，创造了自己的"世外桃源"。

《风之丘》讲述了小伙子奥利弗因假期从舅舅家赌气出走途中，在风之丘结识了养蜂人，这个优美的地方和有魅力的人深深吸引他多次前往。从养蜂人讲的故事中揭开了整个家族的秘密，最终奥利弗用自己的智慧帮助舅舅解决了风之丘的问题。同时他自己的内心也得到了反思和洗涤。

《城堡镇的蓝猫》这是一个充满想象和寓意的故事，主人公是一只在蓝色月光下出生的蓝色小猫，它有着丰富的内心世界，因为特殊的毛色而有了特殊的使命——把《河流之歌》传达给城堡镇的居民，这首歌饱含人类友爱、善良、美丽、和平和知足常乐等最基本的价值观。在它到达城堡镇时，发现那里的人们心中充满着仇恨、不满、欺骗、互不信任。蓝猫历尽艰险，用积极坚强的品德最终完成了

风之丘

使命。故事有趣，情节悬妙，蕴藏哲理，也揭示了人们在面对真理、谎言、诚实及贪婪时的挣扎。

《自由战士》是一位少年跌宕起伏的成长史，也是美国历史的片段缩影，曾经恃才傲物、天资聪颖的银匠小学徒约翰，因意外事故断送了银匠生涯，从此命运改写，跟随爱国人士投身美国独立革命的洪流之中。"人，应该活得顶天立地……"他带着新的梦想为美国的历史增添了浓墨的一笔。

我们本次重新对"纽伯瑞国际大奖小说丛书"的整理出版，本着尊重原典的精神，所选篇目既符合青少年的年龄特点又触及心灵深处，读中有趣、读后有感，连成人也会跟随每部作品追忆那逝水般的美好年华。全书译文细腻传神，适合青少年与家长围炉共读。由于编者水平所限，在编辑过程中，书中疏漏之处在所难免，请广大读者不吝赐教！

目录

第一章　养蜂人 …………………… 1
第二章　太阳的七个兄弟 ……………… 18
第三章　约翰·梅西的老板 ……………… 37
第四章　花园的墙 …………………… 54
第五章　幽灵船 ……………………… 64
第六章　珍妮特的冒险之旅 ……………… 85
第七章　西赛莉的肖像画 ………………… 98
第八章　苹果树小巷里的小提琴手 ……… 110
第九章　苹果树小巷里的小提琴手（续）… 127
第十章　稻草人 ……………………… 140
第十一章　三个表兄弟 ………………… 153
第十二章　梅德福河 …………………… 173

第一章　养蜂人

这是一条贯穿梅德福谷的路，公路上阳光明媚、尘土飞扬。一眼望去，峡谷两旁被森林覆盖，在这六月中旬的下午，峡谷的轮廓在炎热而令人窒息的空气中蒸腾颤抖。奥利弗·佩顿似乎并不介意这样的炎热与尘土，步履艰难地前行，他坚决的步伐吸引了路人的注意，不止一辆汽车停下来询问他要不要搭车。

"想要搭一程吗？"一个农夫驱车到他身边和蔼地问，"你要去哪儿？"

奥利弗转过被晒得黝黑的国字脸，本想就第一个问题轻松说"是"，却因第二个问题表情僵硬起来。

"噢,我就沿着这条路走走,不远。"他生硬地回答,虽然不断有人提出愿意搭载他,但他都摇头拒绝,依然选择灰头土脸地继续步行。

他遇到的一个人赶着一匹步履蹒跚的老马,这个人似乎也奇怪他要去干什么,于是勒住马,探出身子直截了当地问:"这么热的天,你要急着去哪儿?"

奥利弗抬头打量问话的人,发现这个人灰色的眼睛里透着冷漠,他的脸瘦长,肤色黝黑,立刻产生了对这个陌生人的反感和不信任。所以,他还是像以前那样简单地回答,但语气里却透着不耐烦:

"我要沿着这条路走一会儿,而且,正如你说的,我很着急。"

"哦?你确定?"那人一边说,一边厌恶而好奇地上下打量着他,显然不相信,"着急到连礼貌都顾不上了!"然后向他投去犀利而充满敌意的眼神:"你看起来倒像是在逃跑。"

之后,他没说什么,赶着他的破马车叮叮当当地走了,老马蹒跚的蹄步在地面上扬起一阵长长的尘土。奥利弗迈着沉重的步子,嘴里嘟囔着自己对那个怪人的厌恶,恨不得当时能反应快点反驳他。

然而,那个人确实不小心猜对了,奥利弗现在就是在

第一章 养蜂人

逃跑。刚从他舅舅家的柱子大门走出来的时候,他还没有想着要逃走,只是往车站的方向顺着路走,想赶上进站的火车。但是,走着走着他就想起来了前几天发生的一切,以及以后可能还需要面对的一切,于是便产生了出走的想法。他一步步走着,口袋里的钱随着身体的起伏咔哒咔哒地响着,勾起了他心里的委屈,然后他突然觉得自己不该像以前一样再忍耐了。虽然到火车站有三英里远,但是一旦到那儿,他就可以从所有的烦恼中解脱,而他现在已经开始认为那些烦恼简直是无法忍受,好像只有鸣笛的火车才能最终带走这一切。

"但是,这并不说明我是怕什么,"他沉思着,不安地回头看了看,"如果我害怕的话,那也是我不该像现在这样扔下珍妮特自己走。没有,我离开只是因为我不想做让我反感的事情。"

他反复这样说着,以便让自己安心,但觉得好像还是有必要再说一遍。他和妹妹珍妮特去了一个地方,但从抵达的第一天开始,他就隐隐觉得哪里不对劲,整个房子里笼罩着一层阴云,但没有人告诉他发生了什么。他们去的是舅舅贾斯珀家,自从上次见过之后他发生了很大的变化。舅舅一向性格温和又沉静,头脑思维敏捷,很有才气,但现在他却变得紧张不安、敏感、焦躁,不再是个和蔼可亲的主人。

奥利弗的妹妹珍妮特，已经开始喜欢上舅舅家，似乎没有注意到房子里随处都充斥着不安。她对舅舅的印象没有哥哥那么深刻，觉察不到什么变化。目前为止，她都一直非常开心，跟着女管家布朗太太参观了舅舅家的大房子和里面的所有珍宝。这所新房子是舅舅贾斯珀一年前刚建好的。

"房子建得太快了，所以困难重重。"布朗太太之前说过，"整个施工期间，佩顿先生一直兴致勃勃的，非常开心。我们希望南翼能再多建三个月就好了。"

珍妮特认为大房间很漂亮，但奥利弗却不喜欢这里的空旷和寂静，因为一点点动静都会让人觉得很吵，很不安。他不习惯待在这样安静的房子里，他们自己家的房子虽然破旧，但很温馨，满屋子的喧闹和欢笑。而在这里，男孩发现他会不经意地弄出噪音，而在长形房间和走廊里弄出噪音似乎会有回音，被放大一百倍。布朗太太一直在告诫他"不要打扰可怜的佩顿先生"。男管家霍奇斯基走起路来悄无声息的，每当奥利弗猛的关门或哒哒地上下楼梯时，霍奇斯基就会面露难色。以前，除了在电影里，他从没见过男管家，所以霍奇斯基的存在让他感到有些压抑。

但是，真正毁了这次拜访的其实是主人的变化。贾斯珀·佩顿是他母亲的一位堂弟，非常喜欢母亲和孩子们。在奥利弗家，贾斯珀是非常受欢迎的客人，因为他会花钱给他们买礼物，母亲称之为"神仙教父的礼物"，还时常做一些让他们开心的事情。他又高又瘦，消瘦的脸上带着一丝灵动，所以在奥利弗看起来，贾斯珀以前经常笑，现在却再也不笑了。

那天他们抵达的时候是傍晚，虽然当时天色已暗，而且在车里还能闻到六月晚风中浮动的暗香，男孩还是注意到了不同。

"虽然，我不记得贾斯珀舅舅长什么样子，但我想我会喜欢他的花园。"珍妮特嗅到了香气，知道这里有花园。

奥利弗点了点头，却没有在听。他抬眼看着房子，里面的灯都亮着，门也开着，霍奇斯基正站在门口等他们；他还透过对着露台的落地窗，看到贾斯珀舅舅正匆匆穿过书房去大厅接他们。即使从远处看，他们的舅舅也跟以前不一样；他走路慢了，身姿也不如从前挺拔敏捷。他高耸着消瘦的肩膀，好像只是身体里行走的鬼魂，失去了往日的精神和活力。

这次，他们的母亲没有来，是他们第一次自己到舅舅家做客，所以这足以让十五岁的奥利弗和十三岁的珍妮特感到兴奋。但也正是因为如此，他们过了很久才不得不承认他们其实并不开心。焦虑的贾斯珀舅舅因为心事重重，都是让他们自娱自乐，没有给他们安排过任何娱乐活动，甚至有时候似乎都忘了他们的存在。

"亲爱的,你们能带给他极大的安慰。他最近看起来闷闷不乐、心烦意乱。"布朗太太告诉他们,"他不喜欢自己独自待在这个大房子里。"

但在奥利弗看来,他们来这里似乎没什么用,这一事实让他困惑、气恼,然后便发展成了恼怒。自从他和珍妮特玩遍了房子和花园之后,奥利弗觉得似乎没有其他事情可做,只能在车道上来回晃荡,或盯着大门外来来往往的车辆,或去车库待上几个小时,坐在一个盒子上,看司机詹宁斯摆弄不怎么开出去的大汽车。比起奥利弗,珍妮特更会自娱自乐,所以她的哥哥到第三天就厌倦失望到极点,似乎任何一点小事情都能激怒他,而表妹埃莉诺就是这件小事。

第三天傍晚,他们吃过晚饭后直接去露台上散步,尽管贾斯珀舅舅的步伐缓慢且无力,但是两个人也需要加快脚步才能跟上他的节奏。期间,珍妮特还尽量礼貌地听贾斯珀舅舅说的只言片语,但奥利弗则完全神游的心不在焉。天还没完全暗下来,还能看见绿色山谷对面的斜坡、银光闪闪的溪流和一两个大房子的屋顶,这些房子跟他们住的房子差不多,都被树木簇拥着。小溪那边,跨过一片黄绿色的杨柳树林,有一座平滑的圆顶山,山上没有树木或房子,只在山顶有一棵大树,同时在靠近顶峰的斜坡上好像有一间小屋。

"山脚下有河湾,那里的水应该比较急,适合捕鱼,"男孩想,"或许哪天我应该去看看。"

他突然回过神儿,感到有点愧疚,因为贾斯珀舅舅正在问他一个问题,但没问完就停了下来——因为他意识到奥利弗没有在听他说话。

"所以,"他中断了刚才的问话,"和一个老头子聊天你不感兴趣,是吗?"

他顺着奥利弗的目光,向下扫了一眼远处弯弯曲曲的河流,想猜猜他在想什么。"你在看溪流那边的大石房子,"他说,"我猜,你在想是谁住在那儿。"

他似乎努力想说些更有趣的事情,以便得到奥利弗专心但迟来的关注。

"那是我一个表兄的房子,其实我们都是表兄弟,或者说多少有点关系,我们这些表兄弟们拥有梅德福山谷里的土地,但是所有这些人里,汤姆·布莱顿与我的关系更亲近,而且我很喜欢他。最近,我们一直都太忙,所以没能像以前那样经常见面。他有一个女儿,叫埃莉诺,和你的年岁差不多;奥利弗,她是个非常好的女孩,会成为你们两个的好朋友。我一直忽略了带你们玩,我必须让你们见见她。你们可以每天都见面。"

珍妮特好像对这个建议很开心,但奥利弗却因为一些原因有些反感。或许贾斯珀舅舅不懂年轻人,也或许他不完全了解两个孩子的习惯和感受,因为很显然他犯了一个错误。奥利弗对女孩不感冒,所以冷不丁让他天天跟女孩玩在一起,让他感到不痛快。

"这对珍妮特来说会很好,"他说,言辞中透着不友好,"但是我,我对和女孩玩没多大兴趣。"

他完全任性地把他这个表妹想成了一个拘谨的年轻人:纤细的手臂、消瘦的鼻子、粘乎乎的头发。他武断地认为她应该很呆板,礼貌到让人压抑。过去三天发生的一切不快都促使他马上决定不要跟她待在一起,但是提这个建议的贾斯珀舅舅却并没有理会他的态度。

"不会,我之前一直没有安排好你们。明天我们就邀请埃莉诺过来一起吃午饭,你们两个跟詹宁斯一起开车去接她。不要反对,一点都不会麻烦。"

之后,当他们上楼的时候,珍妮特与奥利弗进行了激烈的争论,但奥利弗还是坚持说他不会接受这个强推给他的陌生表妹。

"随便你,珍妮特,"他坚定地说,"但是,我不会让贾斯珀舅舅给我安排这样的事。当我告诉他我不喜欢女孩时,他应该已经听到了。不行,我不管对错,明天,我要告诉

第一章 养蜂人

他我的想法。"

珍妮特失望地摇了摇头,那一头棕色的卷发也跟着摇晃。

"但是,我相信你最后还是得照他说的做。"她断言。

第二天早上,到吃早饭的时候,奥利弗的想法还是没有动摇,因为头一天晚上,他因为不认识的表妹困扰了整整一晚。

"我一直在想你说的那个女孩,"他挑起话头儿,目光越过餐桌以及一大碗甜豌豆,坚定地看着他的舅舅,"我真的不想见她。珍妮特可以去接她,但是,你肯定不能指望……我不知道怎么说……"

他不知道怎么表达他的反对意见,而贾斯珀舅舅却非常不识趣地笑了起来。

"胡说八道,"他说,"如果你是害怕女孩,是时候超越这份恐惧了。我已经给埃莉诺打过电话,但她来不了。"奥利弗还没来得及高兴,马上就更郁闷了——"她说她下午晚些时候在家,所以你和珍妮特可以过去拜访她。我已经定了三点钟的车送你们。"

珍妮特控制不住地咯咯笑了起来,这彻底点燃了奥利弗的怒火。他喜欢他的舅舅贾斯珀,他担心他是不是遇到了什么麻烦,也因为一直感觉这个大房子里有什么事情不太对而感到不安。莫名的焦虑会导致愤怒，然而对奥利弗来说，这份焦虑正把他推向怒不可言。他确实没再说什么，因为他原本就是个不爱多言的人，同时他也告诫自己，不管贾斯珀舅舅多么迂腐固执，他都不能真的对他无礼。

"但是，我会设法摆脱，"他愤愤地想着，把早饭大口大口扒拉进嘴里后，就大步流星地走进花园，"我会想到办法的。"

然而，他绞尽脑汁地想了又想，也没想出该怎么合理地摆脱这个困境。到午饭的时候，他依然没有找到什么好的理由，但是贾斯珀舅舅在书房里忙工作没有一起吃饭，这让他感到如释重负。两点半的时候，珍妮特上楼换衣服，霍奇基斯来书房找奥利弗说：

"先生，车准备三点走，对吧？"

奥利弗绝望地回答：

"告诉詹宁斯三点半走吧，我要先去散散步。"

于是，他走出大门，走上了这条尘土飞扬的路。刚开始还是想着尽量拖延，最后变成了逃离。

"我不回去了，"他不停对自己说，"我不回去了。"

他兜里的钱足够他回家，三点的时候有趟火车，他可以在车站打个电话，简单说下他要走了，然后让霍奇基斯把他的东西送来——他终于开始意识到男管家的用处了。

第一章 养蜂人

他步履维艰地走着,虽然天气很热,但他一想到能逃离就感觉越来越轻松。

然而,他没想到火车站那么远,都走到快三点了,还没看到车站的影子。他记得五点还有趟火车,但是他认为最好不要把时间花在站台上等火车。到那时候,他就已经消失很久了,詹宁斯和珍妮特,甚至是贾斯珀舅舅,应该会来找他。所以,他最好穿过最近的草地,在林子里待上两个小时;或者他还可以去解开之前一直想的问题:在溪流急转弯的地方是否真的有鱼。

他翻过一面石墙,跳到一片及膝高的干草和雏菊的田野中。向右0.25英里的地方,他看到那座灰色石房子矗立在宽阔的绿色花园中,旁边的车道两旁长满了榆树。此时此刻,他本应该打开贾斯珀舅舅宽敞的车门,求见那个让人讨厌的埃莉诺·布莱顿。一想到这个他苦笑了一下,迅速走下堆着干草的斜坡,然后穿过一片橡树和枫树林,最后到了河旁。这是条湍流不息的小河,在高草的遮掩下,发出哗啦啦的声音,奔向大海。在河流转弯的地方,有一座横跨小溪的简易桥,他站那里看,跟他想的一样,这里确实有鱼。因为没有渔具,他也只能看看,突然他听到附近路上驶过一辆汽车,于是匆匆离开了。

现在,他感觉应该没有路人会看见他了!他又翻过一面满是青苔的石墙，走到一片荒芜的长满荆棘的果园里。果园里的果树都七扭八歪、奇形怪状的，树干弯曲、树上到处是树瘤，看起来像是一千年前就种下的。透过果园里笔直的道路，他抬头看到一面山坡，正是之前站在贾斯珀舅舅的花园里经常看到的那座圆顶山坡。他能看清那所破旧小屋的屋檐线，还认出山顶上是一棵大橡树。果园已经荒废，房子看起来也无人居住。但是，靠近顶峰的地方零星有一些像箱子一样的小建筑，都是白色的，可能是鸡舍，但看起来没那么大。带着好奇心，他打算前去探个究竟，于是一边走，一边嚼着从草丛里捡来的一个黄香蕉苹果。

走出果园后，他看到一条崎岖的小路直通山顶，地上的高草被踩踏过，能看出来确实有人走过这条路。他刚爬了没多远，就听到上面传来声音。

跟他想的不一样，那个摇摇欲坠的小屋里有人，因为有两个人正站在门口。他赶紧停下。男人穿着破旧的工作裤，他身后的女孩留着短发，眼睛明亮，穿着褪色的粉色条纹围裙，两人看起来并不令人生畏。但是，奥利弗惴惴不安的内心让他感觉，任何人都可能以不可思议的方式猜到他的计划，然后阻止他逃跑。所以，他悄悄转过身，开始匆匆下山。然而，他还是晚了，因为那个男人已经看见他，并用一种似乎非常专横的语气冲他喊道："站住！"

第一章 养蜂人

奥利弗犹豫了片刻，不知道是应站住，还是溜之大吉，跑到下边那片树林里。这个人已经读懂了他的秘密吗？还是看见他手里的苹果才叫住他？但是，还没等他做决定，那个女孩也说话了——急切地恳求他。

"我们需要你帮个忙，"她喊道，"你必须帮帮我们。拜托，不要走！"

他慢慢转身，踩着高草走向他们，心中满是疑虑和猜测，甚至还担心他会落入陷阱之中，而耽误他的行程。他看到这两个人前面有一个开着盖的白色箱子，认出是蜂箱，但这也丝毫未能平复他的不安。

"你来的正是时候，"男人说，"如果你愿意帮助我们的话。在这个季节养蜜蜂是件麻烦事，波莉在这儿完全帮不上忙。这是她今年第一次接触蜜蜂，每当有蜜蜂在她身边嗡嗡叫的时候，她就会上窜下跳，我们就什么也干不了了。"

"我平时做得还行，"女孩儿小声地辩白，"但是过了一个冬天，我忘了当上百万的蜜蜂在我耳边嗡嗡叫时，如何能镇定自若了。"

还没等他同意，她就把一根皮革金属波纹管塞到他的手里，然后她父亲就教他如何用这根管子把烧木头的烟吹到蜂箱里，一切都那么自然，好像他理所当然帮助他们。

"站在我旁边,不要动,一直吹烟,做得对。不管蜜蜂离你多近都不要动。不会有被蜜蜂蜇的危险。"

方形的白箱子里面放满了木头架,像书页一样一个挨一个摆挂在里面。男人把木架一个个拿出来,上面爬满了蜜蜂,像黑色的窗帘,男人把上面的蜜蜂扫下来后,香甜四溢的干净蜂巢就露了出来。

"当旧蜂箱里的蜜蜂太多时,蜜蜂就会移动,"他解释说,"我们就把它们分开,把一些蜜蜂和木架一起放到一个新的空蜂箱里。看,它们已经开始工作了,那是它们刚建的一块儿蜂巢,好像出自精灵之手。"

奥利弗以前从没见过这样的东西,用来盛新鲜蜂蜜的新蜂巢又白又薄,如此微妙,以至于他看的都忘了自己还置身于大量嗡嗡的蜜蜂之间,甚至也忘记了他的计划,并没有因为被耽搁而不耐烦。他弯腰盯着蜂箱里边,想看一看新孵化的蜜蜂、胖乎乎的黑色雄峰以及机警的身材细长的蜂王。而那个之前本来应该帮助父亲的女孩,已经将任务交了出去,此刻也凑过来看着问问题。奥利弗隐约感觉她应该有十三四岁,长着一头黑色的秀发,一双棕色的慧眼,粉红的面颊上有一侧因为吹烟粘上了一些黑色的烟灰。他太专心了以至于没怎么太关注她,也忘了他内心对女孩的恐惧。当然,这个穿着旧围裙的小女孩与那个不想见的表

第一章 养蜂人

妹埃莉诺完全不同。

他们弯腰看蜂箱时,因为旧草帽的遮挡奥利弗看不清男人的脸。但他喜欢这个男人用不紧不慢的声音回答他层出不穷的问题,并发现他的笑声极具感染力。这个陌生人用他棕色的双手熟练地摆弄着一群到处爬的生物,直到他放好最后一个巢架,吹出最后一缕烟并盖好蜂箱。

"嗨,年轻人,"养蜂人说,"干得不错,谢谢你,但你现在还不能走。我和波莉通常都会在劳累之后,在蜂房吃顿便饭补充精力。"

奥利弗正打算拒绝,说他必须马上就走,但男人眼光一闪,打断了他。

"房子后边有一汪泉水,我们可以去那儿洗洗,"他说,"波莉会给你拿香皂和毛巾。虽然木头的烟味闻起来很香,但却跟煤球一样黑。"

片刻之后,奥利弗看着泉水中自己的倒影,意识到他的样子确实不适合出行,因为他用木材点烟熏蜂的时候把脸弄脏了,他脸上的灰比波莉脸上的还要多。他开始撩水洗脸,洗了很久,才将脸上的蜂蜜、烟灰以及被蜜蜂涂在蜂巢上的奇怪粘胶洗干净。当他再次回到小屋门前的时候,发现一张粗木桌上已经摆满了丰盛的食物——涂着蜂蜜的烤黄油饼干、加了鲜奶的可可冰砂和一大块巧克力蛋糕。他忽然想起来他之前走了很远的路，已经非常饿，立即忘了他得马上启程的事。养蜂人给他拿了一个三腿凳，他坐下，吃了几块热乎乎的饼干，喝了几口冷饮，不自觉地深吸一口气，感到非常满足。从离家出走后，他从这两位穿着破旧但友好的陌生人身上，第一次感到真正的轻松和愉悦。

相比外面耀眼的阳光，昏暗的小屋里感觉很凉爽。除了临时存放东西和用来户外野餐之外，这个地方显然不再有其他的用途。小房子虽然老旧，但却蕴藏着古雅的魅力。他们坐在大厅里，房顶上有粗大的房梁，厚重的窗户和一扇分上下两开的门。门的上半部分正敞开着，通过这个窗口，可以看到沐浴在阳光下的碧绿山坡、果园里果树的树冠和对面的高山，还能隐约看到一片蔚蓝的大海。夏日的午后，宁静而炎热，让人昏昏欲睡。房子上方的橡树投下浓重的树影，圆形的树影正在逐渐拉长，树影顶端正好在小屋的门槛上。

波莉棕色的小手跟她父亲的一样灵巧，此刻，她正在粗糙的壁炉上搭的火前，就着小火烘烤饼干。养蜂人已经脱下帽子，露出一张和女儿很像的英俊、开朗的面孔，只是他女儿的小鼻子有点斜，而他的大鼻子长得笔直，他的眼睛是灰色的。他们的衣服看起来比奥利弗第一印象里的更破旧，但是他们随和、热情，所以屋里的气氛很亲切友好。

第一章 养蜂人

波莉在火边烤完饼干后,拿着一盘热饼干坐到桌子旁边。

"爸爸经常会在我们忙完蜜蜂后,给我讲一个故事,"她有点害羞地说,"他说,他想起来一个我会特别喜欢的故事。你不介意爸爸给我讲故事吧?"

奥利弗一点儿也不介意,而且他感觉不管养蜂人说什么,他都会喜欢。

"既然你把这事放在心上,我一定要讲给你听,"波莉的父亲说,"但是我的故事通常是只讲给一个人的。这位年轻人可能不会喜欢我们的故事风格,亲爱的。"

"我希望他会喜欢,"波莉说,"但是,噢爸爸,我都忘了,我们这个时候是不是在家里有其他安排来着?"

"没有,"他回答得如此干脆,以至于他的女儿起初还有点犹豫,很快就满意地说,"我们待在这里是完全正确的。"

好像想到什么私密的笑话,他咯咯笑了一会儿,然后放下烟斗,翘起了二郎腿。奥利弗靠在墙上,波莉蜷在火炉旁的凳子上。

"你们两个都坐好了吧?"养蜂人问,"好的,那我就开始讲了。"

第二章 太阳的七个兄弟

纳苏拉的故乡虽然不是仙境,却四季分明,有着只有梦幻世界里才有的美景。春天里,茂密的灌木会挂满野果,如同盛开的粉色花海,光秃秃的棕黑色山丘也会披上绿装;秋天里,各个峡谷会被带霜的枫树渲染成鲜红色和金黄色。虽然他不知道这些美景是不是他的最爱,但现在既不是春天也不是秋天,而是炎热的盛夏。他正往一座山上爬,山坡上茂密的野草以及山顶橡树浓密的树叶在暖风中沙沙作响。现在是正午太阳最毒的时候,纳苏拉小心翼翼地走着,不时回头看看那些只敢跟他走到半山腰的同伴们。他背负着一个不同寻常的使命,纳苏拉感觉正处于看不见摸不着的危险之中。在他面前有个人如雕像般寂静地坐着,背靠橡树,敏锐如鹰般的双眼望向山丘和天空,他就是赛科坦,让纳苏拉所在部族赞美、敬仰、畏惧的魔法师和巫医。

只有成年的勇士才敢冒险来找他说话,而且没有人会单独来,他会坐在小屋的门前,那些勇士们围成半圈坐在他的对面。沿海地区所有印第安人都知道赛科坦,说他在法术、咒语和预言方面是最厉害的,据说晚上他会在小屋里与奇怪的幽灵谈话,并能随意从海上召唤风暴。这位巫医经常坐在山顶的这个位置,喃喃自语或直直地盯着前面的山谷,所以这里就成了魔法禁地,除了他之外,别人不会来。年轻的纳苏拉只有十五岁,远非一名勇士,但却被告知必须去向巫师请教问题。他之前一直犹犹豫豫,是自己独自去巫师的小屋找他,还是找到同伴跟他一起去。

纳苏拉的部族是棕色人种,他们在山脚下沿着溪流居住,以便能从泉水中获得饮用水,峡谷东面的山丘挡住了冬日从海上刮来的风暴。翻过这片青山,山背面依次是岩石、山坡、盐沼和一片黄沙地,然后就是在大西洋沿岸翻滚的海浪。纳苏拉村庄里的印第安人有时会去那边挖蛤蜊,从高高的岩石上钓鱼,甚至还会到靠近海岸的大浪里游泳。但毕竟是在陆地上生活的民族,虽然他们在深林里无所畏惧,敢在最湍急的内陆河中架舟独行,但每当看到大海的时候，眼里总会充满敬畏和恐惧。海港入口处有一座岛屿，他们之中从来没有谁冒险出过那座海岛。

他们是游牧民族，就像麋鹿会跟随牧草移动一样，他们也会随着季节变化而迁移。但是，这个绿色小峡谷算是一处居住最久的场所，他们每年都会在这里驻扎一段时间。有时候会从其他部落传来消息，说有陌生的白种人停靠在他们的海岸边，但这些白人总会起航离开，因为此时的美洲还处于印第安人时代。没有看到过什么麻烦，他们继续无忧无虑地狩猎、打渔，向主宰他们小世界的灵魂和恶魔祷告。

所有人当中，似乎只有一位满脸皱纹的老妇饱受折磨，她就是纳苏拉的祖母。因为父母早亡，纳苏拉由他的祖母看护，但他却和其他印第安孩子不一样。虽然这个消瘦敏捷的少年跟他的同龄人一样熟练摆弄弓和矛，但跟其他印第安少年有些不同，他还有一个特别的爱好，那就是喜欢赤裸着棕色的双腿沿着海岸追赶海浪，当他在碧绿的海水中游泳时才真正感到快乐。有一天他不顾朋友的喊叫和劝告朝海岛游去，等游回来上岸后，还说要不是潮汐回流，他可能会游得更远——正是在那天他的祖母彻底失去了耐心。

"我们部族的人不应该如此亲近大海。"祖母向他咆哮说，"我们天生就不是能掌控狂野海水的人，保佑我们的

第二章 太阳的七个兄弟

众神反复说过,只有森林和河流属于我们,但我们不能跟大海之灵打交道。既然我的话你不愿意听,那么你去跟一个愿意听的人谈谈。如果你认为我说的不对,你就去问问巫师吧。"

所以,纳苏拉才去问这个问题,但是他发现去那个人迹罕至的地方,需要镇定和勇气才能畅所欲言,因为赛科坦的黑眼睛似乎能看穿一切。

"我们部族的人不应该信任大海,这是真的吗?祖母说我应该讨厌并惧怕大海,但我做不到,难道我得学会畏惧吗?"

巫师慢慢点了点头。

大部分印第安人老得很快,一步入晚年就会像干瘪的苹果一样枯萎。但是赛科坦尽管头发花白,面部轮廓却依然清晰,有着挺拔的鼻子和跟年轻人一样浓密的眉毛。似乎只有那双深邃、犀利、极具智慧的眼睛才能看出他已饱经风霜,且见识甚广。

"我们的父辈以及祖先们都知道我们一定不能信任大海。"他最后说道,"不管大海多么湛蓝温和,都永远不能成为我们的朋友。当天气晴朗,风和日丽时,我们可以在岸边游泳,甚至如果距离不远的话,我们还可以架舟从一个港口到另一港口。但是,我们需要时刻铭记大海是我们的敌人，而且是一个危险的敌人。"

赛科坦说完转身继续望向山丘，但是纳苏拉却还在徘徊，因为巫师的回答并没有解开他心中的疑惑。虽然还没有人敢质疑赛科坦说的话，但是这个男孩还是忍不住提出他的疑问。

"但是我们不怕的时候还假装害怕难道没错吗？"他反驳说，"真的有水中的幽灵告诉你，我们必须守在岸边吗？尽管祖母是这样说的，而且说得我耳朵都长茧了，但我还是不信。"

赛科坦马上转过身，仿佛要隐藏脸上带着的一丝淡淡笑容。

"风、浪和雷都呼喊出了同样的讯息，"他说，"聪明的人都知道这是在告诫他们要坚守大地。虽然你祖母的话刺耳且絮叨，但你必须听从她的话。"

他不会再说什么了，所以纳苏拉也就下了山，下山的时候，还一直思考着巫师的回答。虽然擅闯了巫师的禁地，但毕竟他没受到同伴们所害怕的伤害。他们都簇拥过来问了他一些问题，他简短地回答了，然而面对他祖母的不断追问，他什么也没说。但是，人们还是注意到，他把小船停靠到了沙滩上的一个岩石边，再没用过，而且也没再下海游泳。

炎热、宁静的夏日一天天消逝。有天傍晚，当他们都围

第二章 太阳的七个兄弟

坐在篝火旁的时候,一位年长的勇士悄声说:

"我们的巫师快要离开我们了。"

"为什么?"祖母问道,纳苏拉也马上转过身来听。

"他已经有三天没有出现在山顶或他的门前了,期间我们送给他的鹿肉和玉米也一直没动过。有一个胆大的人走到跟前,听见他在屋里哭喊呻吟。他可能是要死了。"

"但是没人能帮他吗?"纳苏拉喊道。虽然男孩当着年长勇士们的面大声说话并不合适,但他实在抑制不住自己的惊讶。

"普通人离巫师的小屋太近会有危险,"他的祖母马上解释。"屋里有幽灵,虽然那些都是他的朋友,但可能会伤害我们。而且,当他抱病将死的时候,来自异世界的幽灵会来带走他的灵魂,所以其他人都不能靠近。"

"有时候,巫师会找一个族人传授给他智慧,以便等巫师走后接替他的位子。"那个坐在篝火旁的男人说,"但即使是这个接班人,也会在他老师即将死亡,幽灵开始接近的时候,远离他的老师。因为这种人必须独自迎接死亡。"

纳苏拉一整晚都没睡,一直在思考他听到的那些话。他知道,赛科坦拥有强大的法术,但他还是无法忘记,他的眼神与言语间透出的友善无异于常人。仅仅因为他比其他人更伟大、更睿智,他就必须痛苦孤独地死去?或者,当死亡来临，神秘的幽灵聚集在他周围的时候，有一个朋友陪在他身边会让他感到不舒服？已经是深夜，在黎明来临前的黑暗中，男孩做出了他最后的决定。

营地里的人都还在熟睡之中，他爬出遮风挡雨的小屋，轻轻穿过营地。虽然草丛中的每一个沙沙声和灌木丛中每一片晃动的叶子都会吓得他心惊肉跳，但他却没有停下脚步。在星光的映衬下，他在半山腰就能看清赛科坦尖顶小屋的轮廓。走近小屋后，他发现门是开着的，门里黑乎乎的，死气沉沉，没有任何动静。屋里，唯有发光燃烧的煤还能让人感觉到一丝生机。男孩在门前弯下腰，颤抖着问：

"赛科坦，赛科坦，你还活着吗？"

黑暗中传出一个虚弱缥缈的声音：

"还活着，但是马上就要死了。"

纳苏拉站了一会儿。他能够想象得到，憔悴的巫师正无助地躺在地上，满眼都是奇怪的黑影，幽灵们正蜂拥而来，打算将他带到一个未知的世界。即使一股冰冷的恐惧席卷了他，他还是想到，独自躺在黑暗中是多么可怕的事，于是他弯腰走进屋里。

"我知道天上、地下和水里的幽灵此刻都与你在一起，"他边说，边朝向铺着鹿皮的床走去，并坐在旁边，"但是，我想除了他们，你可能希望一个有血有肉的朋友能陪在你身边。"

一只手颤抖着在他的膝盖上放了片刻。

"任何一个人独自面对死亡的时候都会害怕。"巫师低声说,"赛科坦跟你们是一样的。"

纳苏拉在他身边坐了几个小时,一直紧张地分辨着听到的每一种声音:蛇在门前草丛里穿行的声音;田鼠啃食帐篷的声音;林间鸟儿被捕食的猫头鹰擒获时发出的尖叫声。终于,暮色逐渐退去,露出小屋的柱子、床上破旧的铺盖,最后是巫师被病痛折磨得惨白憔悴的面孔。当黎明到来时,他睁开双眼,说道:

"拿些挂在柱子上的草药,把火弄大点儿煮一下。等石头烧热后,用湿毯子包住把它们放到帐篷里。众神可能已经下令,让我继续活下去。"

纳苏拉从早忙到晚,他用烧热的石头让小屋里充满湿气,并煮了一些很苦的草药,每隔一小时就喂到赛科坦的嘴里。过了很长时间,赛科坦的烧退了,纳苏拉发现他的眼里没有了奇怪的光亮,并听出他说话的声音越来越有力量。连续三天三夜,男孩都独自一人在小屋里照顾他,中间虽有人送食物到门口,但没人愿意进屋里看看。最后,当纳苏拉要回自己的住处时,赛科坦已经能坐在火边,虽然看起来依旧虚弱,但肯定正在恢复元气。

经历过那几个夜晚的痛苦和恐惧之后,他们两人就成了朋友,随着时间的流逝,他们之间的友谊似乎也越来越深厚。纳苏拉几乎每天傍晚都会上山,坐在沙沙作响的橡树下,与巫师谈上很长一段时间。对于他们之间的友谊,尽管他的同龄人都不看好,他的祖母也是软硬兼施地劝说,但都毫无用处。

转眼秋天到了,当男孩背靠树坐着,或平躺在逐渐干黄的高草上时,他常常会看向对面的山丘,看到从那里透出一丝大海的微光。在青山环绕和蓝天的映衬下,闪着若隐若现的碧波光芒。他可以看到欢快的白浪、舞动着的阳光以及回旋许久后突然俯冲入海水中觅食的灰海鸥。他会抬起头,嗅闻穿过峡谷吹来的海风,有时还能倾听到远处海浪拍打海岸的轰隆声。有一天,他与他的朋友一起坐了很久,直到夜幕来临星辰出现,他突然打破沉默,问了一个问题:"赛科坦,海的那边有什么?"巫师摇了摇头,没有说话。

"我的祖母说'什么都没有'。"纳苏拉继续追问,"但我知道不可能。就是因为你是巫师,而我只是一个小男孩,所以我就不能问,而你也不会告诉我吗?"

赛科坦沉默了很久,纳苏拉以为他根本不会回答。但是,他终于开口说话了,只是听起来不像是在回答他的问题。

第二章 太阳的七个兄弟

"你看到那七颗星星了吗?"他说,"就是那几颗从海中升起,连在一起让人觉得好像要融为一体的星星。"

"看到了。"男孩回答,"我经常躺在我们的小屋门前看着它们升上天空。虽然周围有更亮的星星,但我还是最喜欢这几颗,又小又亮,像亲切地俯瞰着我们的眼睛。"

"在巫师之间有一个传说,"赛科坦继续慢条斯理地说,"很久很久以前,久到山上还没有这棵橡树,而它的父亲的父亲也还只是一颗没有发芽的橡树籽。那时,我们的祖先驶过这样一片海域朝着这边迁移。他们来自遥远的西方,从我们已经完全忘记的地方而来,几个勇敢的人驾舟穿过一片广阔的水域。一些人跨海靠岸后就马上定居了下来,另外一些人随着一代代繁衍,继续一点一点向东移动。土地上到处都是他们的子孙,最终他们在跨过另一片海域后没有再继续东移。但是,当初带领他们的人和我们想的不一样,他们不满足于打猎和捕鱼,不愿意只能像驯鹿一样随着季节而迁移。他们希望一直向前,没有任何东西能阻挡他们前进的步伐。据说,当他们到达这片海域后,其中有七个兄弟在没有其他人跟随的情况下,继续架舟起航向东行去了,然后就再也没有回来。"

"我们认为他们住到了天上,一到秋天就会闪耀。对我们来说,秋季是一年中最好的季节,日光温暖和煦,没有冬日的严寒,树叶凋零后便于人们打猎,猎物经过夏日丰美草地的滋养变得肥壮,粮食也成熟了,到处都是丰收的金黄。他们会在狩猎月回到我们中间,并守护我们度过寒冬。我们把他们叫作太阳的七个兄弟。"

纳苏拉等着,没有说话,因为听他朋友的语气,他知道他还没有说完。

"他们跟我说,你已经过世的母亲流着跟我们不一样的血。她是你父亲从另一个部落带回来的,那个部落在北方把她俘虏后,就带到了这里,所以她跟我们血统不一样。有时候我会想,她的血管里肯定流着七兄弟的血液,所以他们的冒险精神在你的身体里复活了。从来没有人像你一样热爱大海,完全没有一点儿惧怕的阴影。而且你也是我此生遇到的,第一个问我海的那边有什么的人。"

"我想,"纳苏拉望着灰色的海水和上方闪耀的群星,坚定地说,"我应该去那边看看。"

"我常常想,"男人继续说,他的声音如此真挚,"无论你是否愿意来我的住处陪我,学习那些让我成为巫师的知识,并等我必须离开时接替我。我师从于最具智慧的巫师,已经等了好久在寻找一个值得我教导的、有能力掌控我所有能力的人。纳苏拉,你能成为一个比我伟大的人,不仅你的整个部落会遵从你的意愿、听从你的吩咐,海岸沿线的所有人都会尊敬你,认为你是有史以来最伟大的巫师。你会来我的小屋,让我教你成为和我一样巫师吗?"

纳苏拉想说话却顿住了,然后再开口说。

"我不想学。"他嘶哑着说。

"为什么?"

他惊愕地问,语气里带着痛心,甚至是惊骇。

"我们村里的人都说你跟其他人不一样。"男孩说,"他们说你能召唤善良的深林幽灵和邪恶的海神,具有从另一个世界学来的聪明才智。而我作为你的朋友,却不这么认为。我很喜欢你,但我知道你跟我一样。我知道大海里只是水,森林里只是树,我,我不相信还有别的。"

他站起来,因痛苦而变得恍惚,跌跌撞撞地走下了山。九月份的夜晚依旧温暖,浓重的夜色笼罩着他,天空星光闪烁,山上坐在橡树下的身影一动不动,没有转身看他,也没有发出任何辩驳或责怪。

时光流逝,转眼九月结束进入了十月,七兄弟星在天空中逐渐升高。此时,从南方又传来奇怪的消息,说沿着海岸线,来了更多的白人,他们与周边的印第安人交易,买他们捕获的鱼,还试着用一种未知的语言与他们交流。

"这些我们以前就听过,而且以后还会听到。"年长的勇士们并不相信,"这种故事跟冬天晚上,老女人们在篝火旁边讲的故事差不多。"

"纳苏拉,你的巫师朋友对这些传言怎么看?"一个跟他同龄的男孩问,但纳苏拉没有回答。从上次之后,他再没上山去那棵大橡树那儿,到现在他已经有几周没跟赛科坦说过话了,尽管如此,他还是不愿意被人问到为什么,这让他感到痛苦。

有一天,部落里一个经常在海边挖蛤蜊的男孩跑回家,带回了惊人的消息。然后,人们无法怀疑之前的那些传言了。

"白人……有帆的木船……像我们的小屋那么大……"他断断续续地喘着气说,"快去看看!"

所有人,包括老人和年轻人、女人和孩子,都离开沿河驻扎的营地,成群结队匆忙爬上东边的山丘,要看看这一奇怪的景象。那是一个阴天,天色灰暗,海水在微风的吹动下泛出沉闷的灰白,好像预示着什么不祥之兆。印第安人站在山顶惊愕地说不出话来,因为他们看见,那里确实有三艘白色的帆船正随着慵懒的海风慢慢移动。这些船是英国建造的渔船,来这里是要看看他们是否能在这片未开发的海岸得到什么货物。山顶的人们看见其中最大的一艘船扬起风帆转向另一个方向,另外的两艘船随后跟着离开。

"他们要干什么?是来毁灭我们的吗?"一位老妇人颤

抖着问，但是没有人能回答。

"嘘，"有人马上说，"巫师来了。"

赛科坦现在鲜少离开自己的住处，也从来不跟村里的人打交道，此刻他正跟在人群后面慢慢上山。纳苏拉注意到他看起来已经显老，如雄鹰一样的面孔已经凹陷，挂着拐走得很慢。当他走到跟前的时候，男人和女人都恭敬地后退，静静地围在他身旁，他抬眼看着那些船逐渐走远，变得越来越小。

"他们是朋友还是敌人，赛科坦？"一位猎人大着胆子问，但巫师只是回答：

"那肯定是神明的旨意。"

"那么帮我们消灭他们，"纳苏拉的老祖母哭喊道，"召唤一次暴风雨折断他们船帆，击碎那些大船。让风雨雷电以及大海所有的力量摧毁他们。"

赛科坦慢慢走到前边，然后举起他的拐杖，人群中一片寂静。纳苏拉站在其他男孩的前面，眼睛一眨不眨地看着巫师的脸。正当巫师移动的时候，灰白的海平面上传出了一声低沉的雷鸣，远处深暗的海水里出现了起风前的波纹。

"是暴风雨！他召来了风！"

所有的印第安人都在呼喊，只有纳苏拉静静地站着。巫师转身看着他，然后犹豫了下，移开了目光。

"你在等什么？发动飓风，最伟大的巫师。"人群中一个男人大喊。

"不，"赛科坦突然大声喊。他放下拐杖，将双手空举到他的面前，"我不能发动暴风雨，"他哭喊道，"我不能召唤深海里的幽灵——因为我不会。风和雷不会听从人的命令——暴风雨只听从高灵的指示。这里有我喜爱的一个人，他是我一生唯一的朋友。尽管我几乎就要相信自己有魔力了，但他认为我最终将回归真理。你们所想的那些事情，我一件都做不到，因为我跟你们一样，是一个没有超能力的普通人。"

人群开始愤怒，不断有人发出沉闷、狂怒、嘶哑的声音，但几乎是一瞬间，原来还大声疾呼的人群却突然异常可怕的安静。印第安人被水面上奇怪的灵魂吓怕了，却发现他们被抛弃了，再无法依赖那个给他们勇气和忠告的人。虽然不太理解，但他们至少知道是因为纳苏拉才导致了巫师的所作所为。失去理智的人群挥舞着双手粗鲁地拖拽着他们俩朝大海走去。男孩的脑海里闪过狂怒的人群折磨敌人的画面，但他没有挣扎也没有哭泣。赛科坦在他旁边，古铜色的脸已经变得惨白。有人发现了那艘被纳苏拉遗弃在海滩上很久的木舟，于是把小船推下了水。

"既然他喜欢大海，就让他回去，这个男孩从来就不

第二章 太阳的七个兄弟

是我们的人。让那个召唤不来暴风雨的人去等死吧。"

人们毫不留情地将他们扔到破败不堪的小船上,然后把小船推进了海浪里。纳苏拉爬到船尾,拿起桨。当他滑动船桨的时候,上方的天空传出一声惊雷,黑暗的海水被一道闪电点亮。马上,暴雨便倾盆而下,他们的视线被大雨挡住,耳边风浪不停怒吼。小舟随着退潮的海浪,驶出海港,越过岩石小岛,径直驶入广阔汹涌的大海深处。

赛科坦从被扔进木舟就呆滞地躺在船板上一动不动,很久之后才跪坐起来拿起第二个桨划船。为了避免小船立即被暴风雨摧毁,他们需要保持船头迎着风。但是巫师的划动是如此无力,几乎帮不上忙,最后他无奈地放下船桨。

"没有用的,纳苏拉。"他说,"御风而来的死神会将我们沉入黑暗的大海。放下你的船桨,我们就这样等死吧。"

"不,"男孩回答,"即使死亡近在眼前,我们也要奋力一搏。"

在黑暗的笼罩下,他们沉默着几乎看不到彼此。尽管任何一个海浪都可能吞没他们,但是成功挑战一个个起伏的巨浪却带来了一种奇特的刺激和疯狂的兴奋。一个、两个、三个,似乎每一个浪都将是最后一个,但每一次后边还会有新的海浪。纳苏拉的胳膊麻木沉重,头脑发晕,却继续顽强挣扎着。到最后的时候，他甚至都希望死亡能快点降临，结束在全身弥漫的可怕的疲惫和疼痛。最猛烈的暴风雨已经咆哮着席卷而过，但大海仍然散发着阴沉，纳苏拉想，没有什么，再没有什么东西能让他麻木的胳膊恢复力量了。

突然乌云仿佛被撕开，天空露出了点点星光，隐约看到周围涌动的海水。

"看，看，纳苏拉，"巫师喊，指着上边，"你的亲人，太阳的七个兄弟，他们来帮助我们了！"

但是纳苏拉并没有看天空，他的眼睛盯着前方一个幽灵般的东西，在他们前面移动，船上的微弱灯光在黑暗中断断续续地闪烁着。他放下船桨，把双手放在嘴上大声呼喊。灯光晃动了几下后从黑暗中传来了一声回应。

那些饱经风霜的英国水手已经习惯了在新的未知海域冒险，所以救起两个快被淹死的印第安人对他们来说并不新奇，尽管他们以前从没遇到过这样的事情。他们取来毯子给他俩保暖，采取应急措施将他们唤醒后，与他们一起坐在甲板上，水手们试图通过手势跟他们交流，但是收效甚微。

"原住民一般不来这么远的深海区。"助手对船长说，"因为印第安人不信任大海。我们弄不清楚他们俩是如何乘小船漂到这里。那个年轻人还尝试跟我们解释，但是那个年纪大的只是捂着脸呻吟。我想他不会相信我们跟他一样,都是人类。"

"把那个男孩带过来。"船长命令道,"或许我们能弄明白他要说什么。"

怒吼了一晚上的暴风雨平息了,到黎明时分,海上已经风平浪静,这艘船顺道驶入一个岩石海岬边,将一艘小船靠岸放下。当赛科坦进到小船后,回头却看见纳苏拉依旧站在甲板上,并没有跟过来。

"我不去了,赛科坦。"他坚定地说,"我已经通过手势跟这里的首领谈过,他希望用这艘奇怪的翼船带我去他的家乡。他许诺会平安把我送回来,这样我就能告诉你和我们部落里的人比这些白人到底什么样。而且,我也渴望知道这片禁海的外面是什么。"

赛科坦没有反对。

"我曾把你当朋友,我曾希望你能是我的兄弟。"他说,"但是,现在我必须称你上师,因为你敢做我从不敢做的事。"

很多人都会谈论那些白人的勇气,说他们架着小舟穿过充满暴风雨的大西洋去探索新大陆。但是,那些勇敢的印第安人又有着怎样的勇气呢?尽管他们认为白人是来自大海中的幽灵，他们不知道什么是船，但是依旧敢跟这些白人一起航行。因为我们知道确实有这样一些暗藏的航海者，他们不止一次乘着英国的渔船穿越大海，回来后向他们的族人介绍他们到过的城市、见过的宫殿和停满船舶的港口以及到处是绿色耕地的乡村。更重要的是，通过这些让人不可思议的故事，让他们的同伴明白白人与他们一样，是不用憎恶或畏惧的同类。纳苏拉就是一个天生的领袖和真正的勇士，他识破了长期困扰他们种族的疑虑和恐惧，他可以从真相中分辨出虚假，能够拨开黑暗的迷雾迎接智慧和成功的曙光。

　　意识到这些之后，虽然不完全理解，苍老的赛科坦已经无法用言语表达他的情感，他独自站在海岬上，虔诚地举起双臂向他的同伴致敬，并喊出了最后的祝福：

　　"再见，祝你好运，太阳的兄弟！"

第三章　约翰·梅西的老板

　　故事已经讲完,但男孩和女孩仍等着,仿佛还想继续听。

　　"但是橡树能活那么久吗?"奥利弗看着大树的影子问,现在门阶石已经完全被树影遮住。

　　"是的,橡树活三百年没有问题。以前所有的土地授权,都将这座山上的一棵橡树当成地标。"

　　"你是怎么知道的?"奥利弗问到一半突然想起了一件事,说道,"天呐,我都忘了,我的火车!"

　　他掏出表看了一下,露出懊恼的神情。他要乘坐的火车半个多小时之前就已经出发了。

"你要离开吗?"波莉同情地问,"我和爸爸经常会这样错过火车,他们看到你回去会感到惊讶吧!"

"他们……他们不知道我要走,"奥利弗回答,"他们现在应该在找我。"他太焦虑了,自言自语地把他的想法给说了出来,"我现在得回去了,谢谢你的故事,再见。"

没等他们再说什么他就离开了。实际上,波莉确实张嘴正打算要说什么,而养蜂人望着他离开的背影,脸上带着有趣的诡异笑容,好像看出奥利弗做了什么让他良心不安的事。

"我们都没有邀请他再来玩。"波莉惋惜地说。

她父亲回答:"我相信他还会来的。"

当汽车开到门口而奥利弗没有出现的时候,贾斯珀舅舅井然有序的家里应该肯定会混乱一会儿。但是,等他回来时,一切又恢复了平静,一点儿噪音都没有。他进来时,珍妮特正蜷缩在书房的一个大扶手椅上看书。她抬头,好奇地看着他,但也只是说:

"埃莉诺·布莱顿的母亲三点半打来电话,说她不知道埃莉诺去哪儿了,一直没回来。她说非常抱歉,希望我们能换个时间再去。我沿着大路去找过你,但没看到你。我去找你的时候,碰见一个陌生人正进门,这个人非常奇怪,一直在座位上盯着我看。我不喜欢他。"

她没有追问他干什么去了,所以结果是他主动坐到她旁边,向她讲述下午的冒险经历,兴致勃勃地说起养蜂人和波莉。

"我必须带你去见见他们。"他说,"我等不及想让你看看山上的风景了。你应该看看那里的蜜蜂、小房子,听听大树下的风声。我们明天就去。"

当贾斯珀舅舅来吃晚餐时,奥利弗感到有些不安,但舅舅并没有问他什么,这让他如释重负。珍妮特解释了为什么取消之前定好的拜访,但舅舅心不在焉地听完后,没有发表任何意见。他的脸色看起来比平时更苍白,皱纹也更深了,他坐在长长餐桌的另一端,只是偶尔说几句话,吃的也很少。之后,他陪他们坐在书房里,仍然是心神不宁、坐立不安,偶尔插上一两句话,让他们也无从应答。因此,等到要说晚安的时候,他们三个人都感到真是解脱。

然后,舅舅回去忙事情,而他们则穿过长长的房间去另一头的大厅,奥利弗担心地回头看了看舅舅。

"一定发生了更让他心烦意乱的事,"他说,"你认为他猜到我之前想干的事情了吗?"

珍妮特用力摇摇头。

"他猜不到,"她肯定地说,"即使现在我都很难相信你所说的,奥利弗。"

尽管很惭愧,但奥利弗也开始对自己的所作所为感到惊奇。

他们已经习惯早早上楼,去上面舒适的客厅了。这个客厅与他们的卧室相连。屋里空气清新,赏心悦目,里面摆放着藤条椅,挂着灰白色的印花布窗帘,窗边有花盆、宽大的窗户外面还有一个阳台。这里已经成了他们的领地,他们会在楼下找一些好看的书,然后拿到这里在睡前读上一小时。

奥利弗舒服地坐在窗户旁边,打开手上的书,但没有马上阅读。他环顾了下这个装点完美的房间,凝视窗外月光下的花园,然后走到他妹妹旁边。

"为什么我们不开心,珍妮特?"他问,"虽然这里似乎有一切能让我们开心的东西。"

"因为他不开心。"妹妹回答,做了个动作,朝贾斯珀舅舅待的地方做了个手势,现在他一个人坐在书房里,心烦意乱、忧心忡忡、孤独绝望。

"但是他为什么不开心呢?这里有他想要的一切。"奥利弗停顿了一下,有些痛心地追问着,"为什么大人有事情都不告诉我们啊?人长大到能感知发生了不好的事情,却没成熟到能解释它们,这个时候真痛苦。"

"或许,"珍妮特满怀希望地说,"我们能够证明我们应该知道。不管怎样,我觉得你可以,然后你可以再告诉我。"

然而，在这个家里，不只是这两个年轻人在苦思冥想。那晚他们刚读书没多久，门口就传来了霍奇斯基小心翼翼的敲门声。奥利弗想知道在这种情况下他应该对突然造访的管家说些什么或做些什么，连善于应对这种情况的珍妮特也有些不知所措。同样，霍奇斯基也有些局促，因为接下来的情形明显说明了这一点。

如果管家见多识广的话，他或许知道应该如何专业地问几个礼节性的问题，然后在不泄露重要信息的情况下获取他想要的信息。但实际情况是，他放下平时工作僵硬呆板的面孔，此刻却露出明显的焦虑和不安。

"我和布朗太太都很担心佩顿先生。"他开门见山，直奔主题，"他今天接待了一位奇怪的客人，这个人最近常来，每次走之后，佩顿先生总会心烦意乱。我想知道你们是否见过这个人，有点儿特别，穿着破旧，瘦瘦的，棕色脸庞。"

"他赶着一匹蹒跚的老马吗？"奥利弗问，突然想起他在路上见过这个人，"拉着一辆好像用了二十年的破马车？是的，我们都见过他。"

"那么你们以前见过他吗？"霍奇斯基急切地问，然而当听到奥利弗回答后，似乎有些失望：

"没有，在今天之前我们从没见过这个人。"

"最近这几周，那个人常常来这里。"管家继续说，"那之前，他很少来，所以我们对他没什么印象。我还记得一年前，我刚来佩顿先生这里没多久，就见过他，那是我第一次看见他。那家伙大摇大摆地摁完门铃后，便赶着车进来了，我看见他的一身打扮，当时差点就要说他走错了地方。他锐利的眼睛肯定读懂了我的目光，因为他说'我还是这个家的一员，所以你的主人不会因为你赶走我而感谢你。'确实如此，因为站在我身后的佩顿先生让我带他进来。那个人走后，他看起来很紧张，并告诉所有人都不要打扰他。那个人来的次数越多，他越不安。因为那个人最近经常来，我想如果他是你们家族里的人，你们可能会知道他是谁，也就知道我们如何能摆脱他。"

刚开始他们还猜测管家这么问，可能是出于仆人对主人毫无根据的好奇。但是他的这番话，证明贾斯珀舅舅是一位受人爱戴的雇主，他的两位大管家一直在想办法，帮他解决那显而易见的困扰。

霍奇斯基还想再说什么，楼下响起了铃声把他叫走了。之后他们想继续看书，却发现满脑子想的都是管家的话。他们都见过这个不讨喜的人，他的到访会让贾斯珀舅舅感到非常不开心，那么这个人是谁？一位亲戚？似乎不太可能。霍奇斯基又出现在门口,看起来比之前更加不安了。

"佩顿先生想要开车出去,但是詹宁斯今晚休息回城了。"他说,"奥利弗先生,我之前听你跟他说过,你会开车?"

奥利弗两天前确实向贾斯珀舅舅提起过,希望舅舅可以让他开车出去兜兜风,给他这次无聊的拜访一点儿欣喜。虽然舅舅对他的话完全没有理会,却被管家记在了心里。

"是的,我会开。"奥利弗承认,但更怀疑贾斯珀舅舅是否真的会同意让他开车。他站起来下楼,发现舅舅正站在大厅里等着,看见他时只紧张着急地说了一句:

"我们必须快点。"

奥利弗马上去车库把硕大的汽车倒出来停在门廊下,等贾斯珀舅舅上车坐在他旁边的副驾驶座位上后,便驱车上了路。

"走哪边?"他问,当驶出大门后,得到的指示是沿他下午的方向走。

"你能开多快就开多快,我很着急。"贾斯珀舅舅说,奥利弗得到这个意外的允许后,很乐意地踩下油门全速前进。月亮被云层遮住,周围一片漆黑。被夜色反衬得模模糊糊有些发白的路面上空无一人,飞驰的汽车使两侧树木快速闪过,如同戏剧舞台上的纸板树道具一样,在车灯的照射下看起来很不真实。奥利弗听着大车的轰鸣声和呼啸而过的风声,但刚一会儿,他们似乎就行驶到了一个路口。他按照舅舅的吩咐拐了进去,因为路面崎岖不平,他不得不减缓了车速,但还不是太难开,因为接着他们就驶进了一条窄巷,车身擦着路边的高草和矮树,颠簸着驶过路上的深坑后,终于在一个大门前停下。

"不用下车,在这儿等着。"当奥利弗想要下车时贾斯珀舅舅说,"我应该不会去很久。"

他下车,急忙去拉门,但是因为缺了一片合页,那个门不太好开。拉开门后,在车灯的照射下,他高大的身影显得有些笨拙,但他依然迈着坚定的步伐,决绝地走进通向黑暗的小道。奥利弗突然心生一丝怜悯,对他之前差点抛弃舅舅而感到羞愧。

"他一定很艰难,"他想,"如此痛苦和焦虑,却没有一个人可以说。我真的想知道到底发生了什么?"

他等了一个小时,又一个小时。他调暗了车灯,隐约能看见一座房子的轮廓和从一扇窗户里透出的昏暗灯光。大门里传出狗叫声,不一会儿还有孩子的哭声。那个孩子哭了很久,最终安静下来,但还是没有人出来。最后,奥利弗靠在舒适的皮革座位上睡着了,也不知道睡了多久,他听到那个破门嘎吱响了几声。他好像迷迷糊糊听到黑暗中有人在

第三章 约翰·梅西的老板

愤怒地大声说话,但等他清醒之后,却只看到贾斯珀舅舅一个人。

"我没想到会这么久。"舅舅上车后跟他说。然后,一直等到他们驶入自己家的车道,停靠到大门前,他舅舅才又说话。

"作为一个男孩,你车开得不错,晚安。"贾斯珀舅舅下车准备进门时说。他其实是想表达自己的感谢,但因匆忙尴尬而说错了话。

"作为一个男孩,确实,"奥利弗嘟囔着,当他把车开进车库,然后上楼回房间时都在重复这句话,"作为一个男孩!"

厅里的大钟郑重地敲响一点的钟声。

第二天早上下楼吃饭时,奥利弗还在想他的舅舅会如何解释昨天半夜这趟出行,但发现贾斯珀舅舅采取了最简单的权宜之计,竟然只字未提。直到他们吃完饭要离开时,舅舅才间接地提起此事。

"我以前就应该想到,"主人说,"开车出去应该会让你感到开心。如果你愿意,可以每天都开车出去,带不带詹宁斯都行,按你的心思就好。我对你的驾驶技术很有信心,奥利弗。"

就在他说完这句话之后,事情令人惊奇地发生了转机。奥利弗想,如果贾斯珀舅舅相信他,那么他就不用再觉得自己是个不受重视的外人了,不会觉得在这里没有作用,也没有价值。

"拿上你的帽子,珍妮特。"他马上催促着。

他没有任何犹豫,就已经决定了首先要去哪里。

与此同时,正要进书房的贾斯珀舅舅转身说:

"现在,关于你的表妹埃莉诺……"

但是,奥利弗根本没有听到,而且也不想听,因为他已经朝车库跑去。珍妮特冲贾斯珀舅舅笑了笑,或许他明白珍妮特笑容里的含义,因为他笑了笑,没有继续说下去。

六月的早上天气微凉,晴空万里,金色的阳光铺洒在灰白的路面上,奥利弗和珍妮特以最快的速度飞驰在道路上。奥利弗想起前一天他走在尘土路上的情景时不觉大笑起来。他从得到这个超赞的好玩去处后,就没想过再继续逃跑,因为那个可怕的表妹已经被他完全忘到脑后,而且他肯定时间也不会像之前那么慢得难熬了。

一路风驰电掣,刚刚过去一个路口,他想那可能就是昨天晚上路过的那个,但是晚上太黑了,加上他们的速度也非常快,所以他无法特别肯定。在尝试了梅德福谷很多主干道,并在狭窄的小路上七拐八拐直到没路之后,他们才逐渐靠近山脚。因为没能找到直通山脚的道路,奥利弗最

第三章 约翰·梅西的老板

终只得把车停在低矮的石墙旁,翻墙徒步穿过满是高草的果园。

"你在这儿等着,我去看看他们在不在。"他吩咐珍妮特说,"然后我会回来找你。"

他爬到山上的时候,新结识的那两个人正坐在门口旁边的凳子上,波莉穿着一身整洁的蓝色裙子,没有带围裙,但养蜂人还是穿着他原来的破工作服。女孩膝盖上放着一个笔记本,正在记录他父亲的讲解。

"我们昨天认识的朋友来了。"养蜂人看见奥利弗走过来的时候,友善地说,"但是今天,我们可不能让他工作了,因为我们正打算去拿一些新的蜂箱回来。需要分箱的蜂群比我想的要多,这里的蜂箱不够用了。"

"让我去帮你们拿吧。"奥利弗马上提议,并解释说他妹妹还在山下的车里。

"波莉可以跟你一起去,正好给你指路。"养蜂人欣然同意,"给我们提供蜂箱的人叫约翰·梅西,他住的地方离这里很远,在梅德福谷的上游。我很高兴不用自己跑一趟,这样能节省我的时间。咱们去山顶,我指给你们往哪边走。"

他们走到房子外边的小路上,径直爬到山顶。从山顶看向奥利弗来的方向,沿着南面的缓坡,视野因为树木和果园的遮挡而变得狭窄,只能看到通向山脊的狭长远景及山脚那一抹蔚蓝的大海。但是,在山的东面,是很陡的下坡,底下是汹涌流淌的河水和辽阔的绿色农田。这片土地就像一个巨大的下沉花园,里面有成片的草地和茂密的灌木丛。在微风的吹拂下,向外绵延的广阔的黄绿色小麦和蓝绿色燕麦田不断荡起涟漪,天上云朵投下的阴影缓缓降入谷底。这里没有高围墙、陡坡屋顶的城市住宅,只有舒适的大房檐农庄和宽敞的畜棚,还有风景如画的尖顶粮仓和纤细高耸的风车。

"那里大部分的农田都是你舅舅贾斯珀的,"养蜂人说,奥利弗因为太专注于山下的风景而没有惊奇他是如何知道关于自己的事情的,"整个峡谷曾经是一片荒芜的湿地,三十年之前,贾斯珀·佩顿的一位叔叔建立了一座堤坝来挡住河水,并开发了这边土地。他安排把土地租给了佃农,因为他说应该有一个人来专门保护这座堤坝,以便不让溪水再渗透到农田里。虽然,梅德福河看起来平静悠闲,但是一旦遭遇暴雨,河水上涨,这条河会变成愤怒的恶魔。除了溪流拐弯处被你舅舅刚刚分出去的一部分,剩下的田地仍属于你舅舅。约翰·梅西就住在尽头处的最后一个农场里。"

因为站得高望得远,奥利弗可以看出他应该如何穿过

第三章 约翰·梅西的老板

错综复杂的街道和公路，抵达河对面的约翰·梅西家。从这里看，约翰·梅西的房子就像坐落在溪流拐角处的一个灰白色小点。阳光很灿烂，虽然山顶的温度比山谷高，但是橡树为他们完全遮住了炙热的阳光，高耸的树冠在清新海风的吹动下不停摇摆。

"看河流沿岸的树木多么平静，"养蜂人说，"但是这棵橡树从来没有安静过。从山丘之间的缝隙可以看到大海，海风就从这个缝隙中吹进来，而且好像从没有停止过。所以我们把这个地方叫风之丘。"

他们三个上车，带着使命快乐地出发了。波莉和珍妮特一起坐在后座，刚开始还有点害羞不怎么说话，然而，才走了一英里，她们就彼此熟络起来，叽叽喳喳说个不停。

"我就知道珍妮特会喜欢波莉，"奥利弗想，"她也是我喜欢的女孩类型，跟表妹埃莉诺不一样。埃莉诺会让你觉得穿的不对，做的也不对，弄得你都没话可说——我可受不了那样的女孩。"

他全然忘记了根本没见过那位亲戚，在没有任何事实依据的情况下，就对她做出苛刻的评判。

当他们到达山谷的时候，发现山谷的平地就像桌子一样平坦，他们顺着笔直的大路飞驰，卷起一团团飞扬的尘土。道路两边，农民正驾驶着拖拉机在田间忙碌，马达的轰鸣声不绝于耳。走到一半的时候，两旁的景色发生了变化，房子都刷上了油漆，栅栏旁的草长得更高，既没有粮仓也没有拖拉机。当他们往约翰·梅西家走时，发现道路离河流越来越近，路的左边是高耸的堤坝，上面长满了草。

前面路上有几匹马走得很慢，挡住了去路，他们不得不停下车。这些棕灰色的大马踏着尘土，拖着巨大的平板石，每匹马都套着缰绳，被一条铁链栓在一起并排走着。

"对不起，"晒得黝黑的马夫赶着最后一排马，回头看着等在路上的车说道，"我们想马上让路，但是这些马已经在尽最大努力了。"

"我们不急，"奥利弗说，"你要把这些石头运到什么地方，干什么用呢？"

"修堤坝，下游的堤坝。修堤坝需要很多这样完整坚硬的石头，但是堤坝能保护那些良田。这里的堤坝看起来也应该修修了，却没有人管。佩顿先生每年都让我们检修他的那段堤坝。"

马群向前移动给他们让出空间后，他们启动了汽车。

约翰·梅西的房子在道路的尽头，这是一座小房子，屋顶已经破得需要用新瓦修缮，通向门前的台阶也已经下沉变形。奥利弗艰难地开进大门，沿着满是车辙的道路把车停到房子后边的空地上。空地上有一片草地、一口井、两棵歪歪扭扭的苹果树和一排蜂箱。一头好事的牛走到畜棚门口,把头伸过来,像没见过陌生人的村妇一样好奇地盯着他们。

"这就是约翰·梅西,"当一个面色沉重、衣衫褴褛,但蓝眼睛里透着善意的人从畜棚里出来后,波莉介绍道:"我爸爸给了他一些蜂箱,并告诉他怎么制作新蜂箱。他很聪明,一教就会,因为他很穷,所以给我们做蜂箱对他来说是不错的生意。虽然他种地非常辛苦,但好像收成并不好。"

他们把付过钱的蜂箱堆放到后备厢里。正当奥利弗打算完成一个艰难的壮举,把车从房屋和畜棚之间狭窄的空地上倒出去的时候,门口传来了车轮的嘎吱声,紧接着听到有人扯着嗓子喊约翰·梅西。

"是安东尼·克劳福德先生,"农夫说道,他之前一直站在汽车旁,羡慕地看着汽车华丽的侧身和厚重的轮胎,"他是这里的主人,基本上每天都会来这里看我如何种地。他对我的工作不满意,所以常常对我很刻薄,而且也从没出过一分钱来改善这里的情况。我已经跟他说过一百多遍,今年应该修缮下堤坝,否则我们可能会遭遇洪灾,但他总说他认为不要紧。好的,先生,马上就来。"

尽管那人的呼声越来越高,不可能听不到,但约翰·梅西明显并不急于回应他。不一会儿,声音的主人叮叮当当嘎吱嘎吱地驱车到房子的拐角处，是奥利弗在路上见过的那个人，灰色眼睛的瘦脸男人，还是赶着他那批瘦骨嶙峋的罗圈腿马。

"嗨，嗨，嗨！"车夫大喊，因为那匹白色的老马看到汽车后，显然不喜欢，所以不停地往侧面躲避，差点掀翻那不堪一击的马车。"喂，给我闪开路！"他命令奥利弗，"如果你知道怎么开车的话，把你这辆大鼻子汽车移开。"

奥利弗气得涨红了脸，立即发动引擎开始了一项高难度的驾驶。事实证明，在目前的不利情况下，完成这项任务似乎不太可能。他调头调了一半，车头就碰到猪圈、车尾撞上车棚前的栅栏，回轮时还差点擦碰到安东尼·克劳福德破旧的马车。在这过程中，那位绅士不断嘲笑讽刺他，让奥利弗感到愤怒和窘迫，脸色也气得越来越红。但是，奥利弗最终还是成功调转了车头，将车开上了车道，车头冲着大白马，但此时大白马似乎熟悉了这个喷着气的怪物，并不打算让路。

"我已经给你让开了路，现在，能否请你让下道？"奥利弗一字一顿地说，免得内心的愤怒爆发出来，让他太失礼。

尽管他很生气，还是忍不住注意到，他面前这个人举手投足间散发着一种奇怪的优雅，他微笑时露出洁白的牙齿，无法否认的是，除了薄薄的嘴唇和冷漠的灰眼睛，他算得上是一位有魅力的帅哥。

"他应该跟贾斯珀舅舅差不多大。"奥利弗心里想，坐在车里看着他，此时对方也盯着他看。

"我希望能开走，"鉴于对方没有移动，奥利弗继续说到。

"当然，奥利弗·佩顿先生，"那个人回应，"但可不要期望我会像你那样优雅地快速让道。我猜你在想我怎么能知道你的名字。好吧，如果我们那矫揉造作的亲戚贾斯珀，能对他干的好事稍稍直言不讳些，你应该早就知道我是谁了。如果你想知道我住在哪里，只需要去你舅舅花园围墙后面看看就知道了。但要等他不在的时候再去看，因为他可不想记起那堵高墙后有什么，那里的果树被修剪得非常漂亮，树木和灌木丛也长得很高。"

最后他还是让了道，于是奥利弗开着车往前走，但他又转身冲他们喊出了一句尖酸刻薄的话：

"如果你想知道你的贾斯珀舅舅那些卑鄙的秘密，就去墙后面看看。"

第四章　花园的墙

奥利弗第二天很早就起床,虽然很困却没有任何犹豫。起初,他决定不理会安东尼·克劳福德那些明显不怀好意的建议;实际上,等他和珍妮特回到家后,他差不多已经忘了这件事。但是珍妮特还记得,那天晚上贾斯珀舅舅跟他们一起在书房坐着,而且看起来不想让他们离开,所以他们回卧室的时间比平常晚很多,上楼时珍妮特说出了她的疑问。

"这个房子里的什么地方有问题,"珍妮特说,"霍奇斯基不知道是什么问题,布朗太太也不知道。"

"我想养蜂人知道。"奥利弗突然说,但他也不知道为什么会想到养蜂人。

"无论如何,"珍妮特继续说,"应该有人知道,因为应该有人来帮帮贾斯珀舅舅。我确定他没有安东尼·克劳福德说的那些卑鄙的秘密。而且,我认为我们谁应该翻过墙去一探究竟。最好是你。"她明智却惋惜地补充道,"因为如果我们两个人都爬的话,肯定会被发现。"

所以,奥利弗没等天亮就起了床,因为他必须在其他人起床之前就去弄明白。他悄悄走出房子,穿过空寂的花园,都忘了看看早上花园里的美景:草尖上挂着闪闪发亮的露珠,色彩绚丽的花朵含苞待放。下台阶后,房子两边种满了各种各样艳丽的花草,车库后有一片宽阔草地,穿过草地后是灌木丛、果树和茂密的葡萄架,然后就是那堵高墙。或许是为了适应墙边修剪后的葡萄藤和梨树的高度,也或许因为其他原因,这堵墙比贾斯珀舅舅房子两侧和前面的墙都要高。

奥利弗沿着墙根慢慢走着,仰头看着光滑的砖块,想着该如何爬过去。越是难爬,他要爬上去的决心就越坚定。凉亭后边的墙中间搭着一个结实的架子,是用来支撑长刺的玫瑰藤的。他决定就从这里爬上去,而且必须快,如果房子里的人睡醒的话就会看到他。他小心地抬起一只脚踩到最底下的架杆上试了试,发现足够结实后就开始往上爬。

　　墙外也种着树，不同的是，贾斯珀舅舅花园的树木都被妥善地修剪过，而墙外的枫树和白杨树都很杂乱，树下肆意地长着浓密的野草。站在墙上，透过树木枝条之间的空隙，他看到那边有一座房子。他从没想过他们还有这么近的邻居，所以看到那个木瓦屋顶时很吃惊。

　　那是一个用黄石搭建而成的方形房屋，有飞檐，窗户很小，门前是老式的门廊，门廊上的房顶大部分已经塌陷。他想这座房子肯定已经有上百年的历史了，原来应该是一处迷人舒适的旧宅，而不像现在这样颓废昏暗。窗户都坏了，草坪上的草长得很高且参差不齐，后门散乱地堆着一些垃圾，那些白色的木制品因缺乏保养而变成了灰白色。

　　"看起来好像住在里面的人根本不爱惜。"奥利弗看完后评价道，"这是一处不错的老房子，但不知为何看起来破败得像约翰·梅西的小屋。不知道这是谁的房子。"

　　那座房子和墙之间有一块空地，显然曾是一片宽阔的草坪，之后又被犁成耕地种过粮食，但最后被弃之不管长满了杂草。及膝高的草丛里还站着一个破旧的稻草人，应该是耕地荒废之后留下的，后来因为风吹雨打就慢慢地风化变了形。这个稻草人的造型很奇特，伸着两条胳膊，头上俏皮地斜戴着一顶帽子，不知什么原因，竟看起来很熟悉。奥利弗

第四章 花园的墙

紧抓着墙壁，透过树叶窥视着，想知道为什么会这样。但是谜底突然就揭开了，伴随着生锈的合页发出的吱吱声，房门打开了，从里面走出来一个人，正是安东尼·克劳福德。难怪稻草人看起来像他，因为稻草人正是穿着它主人的旧衣服，所以和曾经穿过这件衣服的人有些相似之处。

一个黄头发的小孩儿从屋里跑到台阶上，因为想着什么笑话正开心地大笑着。但是，当他看见安东尼·克劳福德的时候，突然止住笑声，安静地退回到屋里。那人站在台阶上，眯着眼睛目光锐利地盯着墙这边看。穿过树林，从他站的地方肯定能看到贾斯珀舅舅大房子的山墙和烟囱，通过他的眼神可以看出，似乎看着贾斯珀舅舅屋顶的目光带着怨恨。奥利弗猜测那座老旧的黄石房子可能以前也风光无限，但因为没有妥善维护，变得不修边幅，目前确实与贾斯珀舅舅的奢华宅邸形成鲜明对比。

他向前探身想看得更清楚些，但显然有些草率了，因为他的动作吸引了石阶上那人的目光。在两人目光相对的那一刻，男孩的脸变得通红，因为安东尼·克劳福德无声地打了一个狂喜的手势。显然，他期望前一天的建议能激发奥利弗的好奇心，所以当看到奥利弗的时候，就露出了如愿以偿的扭曲嘴脸。

奥利弗一边生气地嘟囔着，一边跳回到花园里。

"我不是因为他让我看,我才看的,我不是!"他重复着。

他往回走的时候,多次回头看那堵墙,惊讶于墙后的一切。贾斯珀舅舅的房子高大华丽,里面有一切人人都向往的东西,那个老屋就像是大房子窗户底下的污秽之地,但里面住的人却是他们家里的一个穷亲戚。这个无耻的亲戚因嫉妒而愤恨,于是便肆无忌惮地烦扰伤害他们。难怪贾斯珀舅舅看起来变了,变得心神不宁。安东尼·克劳福德抓住了他表兄的什么把柄?为什么一个如此贫穷而另一个却非常富有?为什么要建一面高墙来阻断与这个奇怪邻居的一切交往?奥利弗也终于想明白,他们那晚开车去的地方就是安东尼·克劳福德的家,因为这堵墙切断了直接通道,所以他们必须拐弯穿过巷子,才能在黑夜到达他那个下陷的、只有一侧合页的大门。

朝阳升起,花园里响起悦耳的割草机声,厨房烟囱升起袅袅炊烟。因为不想被人问起手上的划痕和袖子上的磨损,奥利弗匆忙溜到房子里,钻进他自己的房间。

他与珍妮特讨论了看到的一切,但他们还是没弄明白,反而更困惑了。这一天,他们一有时间就会谈论这个话题。那天晚上,他们坐在书房里,打开朝向阳台的落地窗,看着庭院里盛开的鲜花。他们一直讨论着,直到贾斯珀舅

第四章 花园的墙

舅穿过大厅朝他们走来的时候,他们也没有讨论出什么结果。贾斯珀舅舅看起来比以前轻松,脸上带着微笑,好像一直期待这个能与他们一起度过的时刻。但是,当听到外面传来马车的车轮声时,他的脸色马上就变了,然后霍奇斯基就不安地出现在门口,不情愿地问:

"先生,您要见克劳福德先生吗?"

但是,来访者并没有等,直接跟着就闯进来了。

"我们都还是一家人,"他说,"就不用拘泥于虚礼了。啊,这就是你的两位客人?不用你介绍,我们已经见过。实际上,我最近刚见过这个小伙子,他好像胆子挺大的,正在调查一些事情。好吧,好吧,我们现在先不说这个。"

奥利弗被他锋利的目光盯得很苦恼,但却不知道该怎么合适地回应。从安东尼·克劳福德进来后,他又开始想,要不是他那双贪婪的灰眼睛长得太近的话,他应该还挺英俊。虽然,主人明显想把他马上带到小书房,但来访者却站在大书房里一动不动。

"我的提议你考虑得怎么样了,贾斯珀?"他说,"是否准备好把我的那份给我,还是我都拿走?"

"我好像已经把你的那份给你了,"贾斯珀·佩顿坚定地回答,"而且与其跟你继续纠缠,我倒宁愿全部给你。但我不能无视公正,这件事也是如此。"

59

来人刚开始还挺平静,但听完这些话后控制不住自己的愤怒突然爆发出来。

　　"你会后悔的。"他大声喊,"除了河边那些肥沃的土地,你还会失去更多更多土地,还有这座在我没来之前,你以为能在里面幸福生活的漂亮房子。你不让步,是吧?你那崇高的原则,或者说你的固执,还是不能让你把我的东西给我?那么我告诉你,我会亲手毁掉你的名声,我会把你干的丑事公之于众,让你无法继续掩盖,然后毁掉你想极力保护的家族荣誉。你这样做,会导致人们窥探你的过去,他们会说,'既然家里有这样一个败类,其他人又能好到哪去?'总有那么一大批喜欢流言蜚语和造谣的人,愿意八卦有名望的人。贾斯珀·佩顿,我会让这些人都来找你麻烦的。"

　　贾斯珀舅舅站在他面前,一言不发,脸色苍白。或许是为了喘口气,他停下不说了,然后,眯着眼睛先看了看压着怒气的奥利弗,又看了看被震惊得难以置信的珍妮特。

　　"你不喜欢我说话的方式?"他对她说,"但我向你保证,我说的都是真的。"

　　"如果你经常以这种方式说实话的话,"她坦率地回应,"我可不认为你能有多少朋友。"

　　"我没有朋友。"他声明,"朋友只会伤害你,我认为一个人才能过得更好。不抱幻想,不相信任何人,感觉所有

第四章 花园的墙

的人都是敌人,然后你才能看明白自己的处境。这是我的处事原则。你这位软心肠的舅舅,唯一的错误就是相信所有人,喜欢所有人。我向你保证,他甚至会凭一点点证据,连我也相信。如果他可以的话,他会恨我,但是因为我们流着相同的血,他甚至都不允许他自己恨我。是吧,贾斯珀,我说的对吗?"

"如果你觉得跟孩子们说够了,"贾斯珀舅舅很痛苦却依然平静地说,"或许我们可以换个地方继续讨论这件事。"

"非常好,"对方又脾气很好地回复,"我其实很乐意让他们听听全部。但是,既然有些事情你不想让他们知道……"

他得意洋洋地走向小书房,嘴里哼着小曲,犀利地瞟了他一眼,好像他已经知道主人的想法了。兄妹俩身后大厅的门关上了。

"那个人太可恶了!"珍妮特喊,几乎流出眼泪,"可怜的贾斯珀舅舅!我们什么也帮不了他。"

奥利弗同样痛苦地站在窗前。树梢上升起一轮大红月亮,月圆日刚过,它就变得畸形,侧偏向一边,好像正在嘲笑他们。他跺了跺脚,为自己的无能感到生气。

"他自己都不相信自己的话,他就像个演员,只是在卖弄给大家看。"他隔窗指着外面的那辆破马车和萎靡地站在宽白台阶前的老马。

"我认为他完全不用赶这么破的马车,他这么做,无非就是想让贾斯珀舅舅难堪。"

小书房里的人一直谈到很晚,最终珍妮特和奥利弗没有抵挡住袭来的困意,在安东尼·克劳福德离开前,就没精打采地先上楼睡觉了。

"我决定做件事。"当他们快上楼时候,奥利弗坚定地说,"我去问问养蜂人我们应该怎么办。我常常感觉我好像已经认识他了,我可以肯定他能帮助我们。"

"但我们应该将贾斯珀舅舅的秘密告诉他吗?"珍妮特提出反对的质疑,"还有,你都没告诉过我,他叫什么名字?"

"为什么,我都不知道他叫什么。"奥利弗以一种完全吃惊的口吻说,"我甚至都没有意识到我不知道。没关系,我明天就问问他。而且,你能理解,从养蜂人说第一句话开始,你就可以信任他。"

他回到自己的卧室,感觉自己好像已经睡了很久,外面马车离开的声音把他唤醒。他迷迷糊糊地爬到窗户边,看到那匹老白马正拉着歪坐在车上的主人朝门口慢慢走去,在月光下拖出不真实的长影子,仿佛未知的恶作剧要上演

第四章 花园的墙

的预兆。

第二天上午,他和珍妮特把车停在果园的围墙边后,就沿着长满草的山坡往上爬,期间奥利弗还担心养蜂人不在。但他多虑了,因为当他们走上那条陡坡时,听到了说话的声音,还能闻到随风飘下来的浓郁怡人的木材烟味。今天的风很大,山顶的劲风呼呼地吹着,把小屋的门吹得一开一合砰砰响,勇敢的蜜蜂飞散到四处,冒着猛烈的风来到下面满是蜂蜜的草地上。

珍妮特与奥利弗一样受到了热情的欢迎,他们一起被招呼进屋,坐到桌子旁,波莉正在分拣小木头箱子,那是给蜜蜂建蜂巢用的。

"我们正打算讲故事呢。"养蜂人说,"波莉为此已经叨叨了半个小时了。"

"但是,我想请教您一些事情,"奥利弗因为太激动而不礼貌地打断说,"能否等一会儿讲故事?"

"我相信,"养蜂人给了他一个奇怪的眼神,好像已经看穿一切似的,慢条斯理地说,"我相信,有时候当人遇到麻烦时,最好能冷静下来定定心,慢一点要结果。而且,我觉得现在就是该静心的时候。"

奥利弗点了点头。他相信养蜂人是对的。

第五章　幽灵船

西赛莉·哈洛韦尔深深地叹了一口气,她推开面前的一摞文件,烦恼地把额前的头发往后拢了拢。眼前的这些工作让她感到厌倦,屋里也越来越黑、越来越冷。不仅如此,她还不安地意识到,长桌对面的两个人已经忘了她的存在,正在一大堆账本后边说着一些没打算让她听到的事情。

半个小时前,她的哥哥艾伦曾跑进来,问她下午是否愿意一起出去骑马。看她摇了摇头,她的哥哥有些着急和失望。

"今天非常适合骑马,外面寒冷,路上积雪很深。马儿们喜欢去野外,所以我们可以在山谷里畅快飞驰。拜托,一

第五章 幽灵船

起吧,西赛莉。"

但是她不能去,她必须待在这个阴暗的大会计室里,完成她答应父亲的任务,抄写完那些凭证。最后,艾伦决定独自出去骑马,离开的时候还不忘提醒西赛莉:

"在这里辛苦工作,而不去冒险玩乐,可太不明智了。想想现在大海的样子,然后再想想海风吹过风之丘的样子!"

他走后,这间大会计室里似乎就没了一点儿生气,空荡荡的。虽然有长窗,但因为下午阴着天,所以屋子的光线很暗淡,而燃着木头的大壁炉也远在房屋的另一端。屋里靠墙的架子上排放着厚重的账簿,侧面到处摆放着一排排的船舶模型,此刻都已被阴影笼罩。账簿上落满了灰尘,里面记载着艾伦一直喜欢读的故事,有奇妙的航行经历,从东方买来的调料、金粉和珠宝,美国运粮船舶在远东解救的饥荒和用达克特金币、杜布隆金币和西班牙"八片币"交易记录的利润信息。相对于抄写枯燥的凭证,西赛莉更喜欢绘画,也更愿意素描那些摆放在玻璃橱里的船舶模型。那些模型都是曾穿梭在世界各大洋中的哈洛韦尔船,它们有的在遥远的热带海洋中触礁失事,有的在海盗肆虐的海域放下了价值连城的货物。船上的船员可以像操作船帆一样熟练使用长枪,他们的船长都熟悉上海或加尔各答,就像熟悉生养他们的海港小镇一样。西赛莉记得这间屋曾像蜂箱一样，里面挤满了忙着处理大量哈洛韦尔贸易业务的职员。然而，现在这里成了一个阴暗的空屋子，哈洛韦尔的船四处散落，有些停泊在港口、有些拆卸后被卖掉、有些落入敌人手中。因为这是英美开战的第三个年头，历史上把这次英美战争叫作"1812年战争"。

十三岁的西赛莉看着很小，她穿着"束腰"的高腰礼服坐在长桌的一端，穿着一双绑带拖鞋，脚蹬在高凳的横木上。她刚拿起笔要继续抄写，那边靠着炉火的两个人突然说话了。他的父亲在听到她因为受惊而掉落手里的笔后，立即紧张地压低了声音，但是他的搭档马丁·哈洛韦尔却因为生气仍旧大声说着。她知道他性子急躁鲁莽，但还是第一次听他这么说话。

马丁贪婪而又急切地指了指他面前的那本账上的内容。

"没有私掠船，更没有像'女猎手'这样的私掠船。"他说，"让她再出一次海，我们就发财了。"

尽管他极力想保持平静，但他的声音还是抑制不住地颤抖起来，令人生厌。

"我不想像其他人一样发战争财。"西赛莉的父亲鲁斌·哈洛韦尔回答。他话语里透出的不为所动似乎让马丁愤怒地失去了控制。

"真有你的,鲁斌·哈洛韦尔。"他说,"现在真金白银就在眼前,唾手可得,你却要愚蠢地毁掉我的计划。但是我警告你最好不要。不管你是谁,你都应该成为一个富有的人,而且让我提醒下你,你以前是个穷光蛋,直到两年前我们建造了'女猎手'之后你才好起来的。"

这两个哈洛韦尔并不是亲兄弟,而是堂兄弟,其中西赛莉的父亲是年长很多的哥哥。要不是他们各自继承了父亲的生意,这两个意见不合的人完全不可能成为搭档。尽管他们两人讨论时一般都会言辞激烈,但马丁从未像今天这么生气,身体不停颤抖,那张黑脸都开始发红了。他拿起文件,起身回自己的房间,狠狠地关上了门。西赛莉也站起来,走到长会计室那头的壁炉旁,坐到父亲身边。

"我听到您和马丁叔叔的谈话了。"她支支吾吾地说,"我想您当时可能忘了我还在屋里。但也无所谓了,因为我不太明白为什么马丁叔叔这么生气。"

"无缘无故的,你当然不会明白。"她的父亲回答,说得非常慢,她想父亲一定是非常疲惫,"但是连我自己有时也搞不明白现在这个乱世。在大洋彼岸,有一个身材矮小的长鼻子拿破仑皇帝,是个靠战争征服世界的天才。过去十多年,他和英国人一直打得不可开交,为了摧毁对方,他们在海上长期采取封锁、禁运、颁布内阁政令等措施,但是最后却惹恼了美国这个依靠船运谋生的温和老绅士。虽然压制中立航运是导致让美国宣战的导火线,但至于应该对法还是对英宣战,我觉得国会肯定像掷硬币一样随意决定的。但是,一些个顽固的英国大臣不识时务地表决,同意从我们的船上偷抢水手,填补他们的海军空缺,而且英国佬还固执地认为美国必须支持他们,所以美国最终选择了向英国开战。"

"难道我们没有取得多少辉煌的胜利吗?"西赛莉问。

"唉,已经取得了胜利,英国总共有730艘战舰,已经被我们打败收编了一小部分,这充分说明尽管我们的海军规模很小但勇猛可嘉。另外,两国在陆地上也有交锋,但我们就不谈了。期间,除了海军,我们还派出私掠船和武装民船,去掠夺英国商船。这些船都发挥了巨大的作用,不仅帮助切断了英国的海外贸易,还带回了很多价值连城的战利品,让这些船舶的主人赚得盆满钵满。在你堂叔的煽动下,我们在最穷的时候造了这样一艘船,就是'女猎手',然后派出海去进行掠夺。因为我们当时没有足够的钱来武装'女猎手',所以从大臣约翰·哈伍德到我们的园丁杰克·马文几乎所有人都投了钱。虽然这种爱国行为有风险,

第五章 幽灵船

但是掠夺到的货物确实也给我们带来了丰厚的回报，然后我们用所得重建了哈洛韦尔公司。你堂叔马丁想让'女猎手'再出一次海，让我们成为真正的富人。但我说，"他突然把手拍在桌子上，"我说不能再出海了。"

"为什么？"西赛莉震惊地问，不明白他为什么突然这么激动，但还没等她父亲说话，推门进来的马丁·哈洛韦尔就替他做了回答。显然他是回来想最后再争取一下。

"你说，"他立刻说，"'女猎手'需要改装，所以至少一个月不能再出海。"

他的搭档点了点头。

"我说她应该一周后就出海。"马丁断言。

"然后我说不行。"鲁斌·哈洛韦尔喊道。

"你还说战争快结束了，和谈委员会正在根特谈判，据说他们马上就要达成协议了。那就是你不让我们的私掠船出海的借口。你就是一个过于谨慎的傻蛋，鲁斌·哈洛韦尔，要我说如果真的是这样，她就更应该马上出海，趁着还有时间抓紧再捞一笔。"他身体前倾，那张黑脸急切地靠近他们，他的目的如此强烈以至于忘记了谨慎，"一旦出海，那些消息或命令就约束不到'女猎手'了。如果她是在刚公布和平协议后就带回最后一桶金，谁又能知道呢？"

他安静地站在那里，挑衅地看着他们，没有任何退让。

西赛莉呼吸急促，等着父亲的回答。

"我们解散吧，马丁·哈洛韦尔，"他说，"我们本来也不适合在一起工作，显然我们的关系已经破裂了。明天我们就分割一下我们的股份，坦白说我不愿再与你以及你的阴谋诡计有任何关系。"

"就按你说的做。"马丁抓住这一时机表示同意，"但是'女猎手'是在我的建议下建造并出海的，所以她应该归我，这样才合适。如我所说的，她下星期的今天就会出海。而你，我可爱的堂兄，你马上就会因为阻止她出海而感到后悔。"

他又走了，不同的是这次门关得很绅士。他走后，他那婉转的恐吓似乎在这个大屋子里回荡了很久。

"我们……我们该怎么办？"西赛莉问。

她的父亲强打精神愉快地说，"人生气的时候就喜欢威胁别人，但我们不用怕他。现在，"他收起胳膊底下的大账本，"我必须先在会计室里加会儿班，然后我们就回家。"

西赛莉听从父亲的话，回去拿她的凭证，当走到一扇长窗前时驻足站了一会儿，眺望着远处的海港。此刻，停靠在海港里的"女猎手"正随着起伏的波浪摇摆，像一个美丽的舞者在庄严地用生命起舞，闪闪发亮的倒影随她一起摇摆着，被夕阳染得色彩斑斓。

"哦，我必须把她画下来。"西赛莉说着马上拿起一张白纸，"要是太阳不落山，船舶也不随海浪摇摆就好了！"

她争分夺秒地画着，但最终还是无奈地放下了画笔，因为天色昏暗，她已经看不清了。门突然打开，有人风风火火地冲了进来，正是她的哥哥艾伦，也只有他会这样。

"天呐，西赛莉，你还在这儿，而且还想摸黑画画？让我看看你的画。"他说着，点燃了一根蜡烛，仔细端详起来，"我发誓这个真不错。哦，西赛莉，'女猎手'真是一艘特别棒的船！"

因为某种原因，西赛莉感到心头一阵凉。

"是吗？"她弱弱地回答。

"我刚跟马丁叔叔谈过。"男孩激动地说，"我不太明白为什么，但是他说他和父亲会分割股份，以后'女猎手'就完全属于他了。下次'女猎手'出海时，他想让我跟他一起去。他说战争结束还不明朗，可能会再打几个月仗，所以还能再去趁火打劫。他说像我这样优秀的十六岁青年早就应该是船长了，我觉得他说的对。马丁叔叔真是一位不错的合作伙伴！"

西赛莉很清楚艾伦非常钦佩他的叔叔，因为实际上他们都属于一类人：易激动且刚愎自用。她都能想象得到，马丁·哈洛韦尔是如何天花乱坠地跟哥哥说他会看到什么和能做什么。她的叔叔刚开始威胁父亲的时候是不是就已经计划好了？还是他看到跑上台阶急切地随时准备冒险的艾伦后才闪现这样的想法呢？

"都已经安排好了。"艾伦说，"只需要告诉父亲一声就行。"

"不行，不行。"她大声喊着，但他根本不听。

"我现在就进去告诉他。"他说。当他进去关上门后，她甚至都说不出话来了。

艾伦遗传了父亲的坚定和沉稳，但性情却又与父亲大不相同，这导致他们经常因为意见不合而发生冲突。鲁斌·哈洛韦尔的妻子已经过世，他非常喜爱这两个孩子，但他并不像了解女儿那样了解他的儿子。黑暗中，蜡烛孤寂地发出微弱的光，西赛莉颤抖地坐在旁边，猜想着这次会面的结果。父亲是否知道如何保持耐心和镇定，如何消除马丁·哈洛韦尔为泄愤而带给他们的伤害？西赛莉坐在那里瑟瑟发抖，已经无法忍受等待的焦虑。

没过多久，门就猛然砰的一声开了，艾伦在门口站了一下。

"我父亲不让我跟'女猎手'一起出海。但我还是告诉他我会去。"他说。

第五章 幽灵船

他走出过道下了石头台阶离开了,他步子比马丁·哈洛韦尔的轻快,但下楼时的脚步声听起来似乎跟他叔叔的一样可怕。

过了一会儿父亲走了进来。

"你本该早就待在家里了,我的孩子。"他说,没有提别的事,就跟西赛莉一起走出去,走进白雪皑皑的冰冷夜色中。

街道又陡又窄,拐弯时西赛莉看见马丁·哈洛韦尔正在跟一个人说话,西赛莉认出是一位在哈洛韦尔船上干了很多年的老水手。他肯定是被马丁激怒了,因为他说话的声音很大,没有考虑到会不会有人听到。

"不行,"那位老人说,"并不是所有人都会接受你的任务,虽然你自己可能是那么想。你可以不听老人言,找新人跟你一起去,但是有一个人肯定不会登上你的任何一艘船,那就是本·巴顿。我宁可饿死在岸上。"

西赛莉的耳朵很尖,所以当她跟着父亲从积雪覆盖的街道走过时,她听到了。鲁斌·哈洛韦尔似乎没有听到。

一天、两天、三天、四天过去了,西赛莉唯一思考的事就是"女猎手"会在七天后起航。她的周围都是像蜜蜂一样忙碌的工人,不停忙着锤击、填缝、刷漆,但很显然他们无法在一周之内完成需要一个月才能完成的工作。艾伦整天都待在码头和他的叔叔频繁碰面。与此同时,鲁斌·哈洛韦尔则在镇里来回奔走,力劝船舶共同所有人将船留在海港不要出海。但是,不知道是因为他们不相信和平即将来临,还是被以前的好运和未来的前景迷住了双眼,反正就是没有人听。父亲和儿子之间则是一句话也没有,因为双方都在骄傲而固执地等着对方让步。

第五天下午天气晴朗,于是西赛莉骑马出去溜了一圈,发现目光所及之处皆被白雪覆盖,公路上的积雪被马蹄踩踏的像铁一样坚硬。她痛苦地想起了艾伦,因为这是他们最喜欢的一条路,几乎都要说成是他们自己的路了,这条路可以通到城镇西部的山谷里,那里有光秃秃的小山丘,山顶上长着一棵橡树。陪伴她的仆人被她甩在了后面,当她骑着马正想往通向山丘的小路上走时,看见山坡上走下来一个强健的身影。棕色的脸,手上有纹身,穿着一身只有水手才有的蓝色衣服,他是本·巴顿。

"我要去别的海港谋个差事,因为我拒绝跟'女猎手'一起出海。"他回答西赛莉的问题时解释道,"马丁先生必须得找新船长和新海员,听说你父亲不同意这次出海,所以老水手们没人愿意去。港口来了一艘要检修的特拉华州的船,船员大部分是瑞典人,他们把这些人都招到了'女猎手'船上了。所以,他们周五半夜就会起航,但是本·巴顿肯

第五章 幽灵船

定不会去。"

他压低声音走近一点。

"我告诉你,虽然我不应该说。"他说,"有个人会等到最后一刻再加入,他会在那晚等在码头的一艘小船上。那是一位你深爱的亲人,他应该跟我们一起留在岸上,所以你应该想办法留住他。"

"哦,如果我能的话!"她大声说。

"只有你能做到。"他回答,"就像我们在哈洛韦尔船上经常说的,只有哈洛韦尔家族的人才能管住哈洛韦尔家族的人。好的,我得走了。我之前上山,就是想爬到山上多看一眼港口。也许等你父亲再次出海做贸易时,能给我找个活儿干,我不会忘记你和他的,西赛莉小姐。你是否记得你和你哥哥藏在码头下面喊叫,因为里面会发出回声,你们就好像在大海中迷失的灵魂,差点把我这个老实巴交的老水手吓得丢了魂,因为我们这些在海上工作的人都害怕鬼魂。听我说,'女猎手'在周五出发不会有好结果。就为这一点,我也宁愿待在岸上,何况我还有其他事情要忙。"

他沿着积雪的道路大步离开,西赛莉没想到她和哥哥扮鬼竟然把他吓成那样,不禁笑起来,但随即想到哥哥马上就会离开,心情瞬间低落了下来。如果她无法拦住他的话,那么周五,也就是后天,他就会起航了。但是她怎么拦住他呢?

　　第二天她竭尽全力恳求父亲，但基本是徒劳，因为鲁斌·哈洛韦尔不相信"女猎手"会出海，更不相信他儿子会随"女猎手"一起出海。

　　"如果艾伦想永远跟他的亲人划清界限，就让他去。"他最后说，他不能忍受竟然有人敢忤逆他的意思。周五那天，夜色已经悄悄笼罩他们的大房子，但她还没有采取任何行动。

　　西赛莉的卧室悬着印花棉布，此刻她正坐在炉火旁的一个大扶手椅上，背靠着印花靠垫，眼睛凝视着火苗。她隐约能听到隔壁艾伦做准备的声音：他来回走动着，不时开关一下门，最后将一双沉重的靴子扔在地上。外面漆黑一片，寒风呼啸，偶尔还会有几片雪花猛烈地撞在窗户上。

　　晚上十点钟，艾伦可能已经收拾好了行李在等待那重要的时刻，隔壁没有了任何声音，还剩下一两个小时的时间，也许他正在漆黑的屋子里安静地坐着，也许正躺在床上。西赛莉听到父亲在楼下关了门、熄了蜡烛，准备睡觉，但是今夜他注定会失眠了。不一会儿，他走到她的门前，向里面看了一眼，走进来在壁炉旁站了一会儿。才一周的时间，他看起来竟然老了很多！他没多说什么话，他并不开心，好像在故意逃避晚上可能会发生的事情，只是希望能

第五章 幽灵船

得到一些陪伴。

最后他说:"你应该上床睡觉了,晚安,亲爱的。"

他走出去的时候回头看了看她,目光疲惫、痛苦、无助,好像在说:

"我的骄傲束缚抑制了我,我没办法说些什么来阻止他,但是你为什么不去?你就不能想办法劝他不要去吗?"

西赛莉小心翼翼地站起来,轻轻地走到壁橱前,取下她暖和的皮草斗篷。当看到父亲那恳求的眼神时,她心中已经有了计划,从那天她跟本·巴顿谈过之后,这个计划就一直在她脑海里徘徊。她缺的就是把这个计划付诸行动的勇气。而现在,当她披上斗篷带起风帽时,她的手甚至都没有抖一下,她的决心也丝毫没有动摇。房子里静悄悄的,她偷偷摸摸地下楼悄悄溜了出去。

对于一个几乎从未被允许独自上街的女孩来说,这个寒冷的夜晚无疑是让人害怕的,但这对西赛莉来说已经不算什么。当她顶着寒风跑过陡峭的高街时,她看见了一些她不相信会存在的事:一面透着光的脏窗户后面,一位船工粗鲁地与妻子争吵着;一间开着门的小酒馆里,一群水手正挤在一个房间里点着蜡烛喝酒;她路过的时候,一个鬼鬼祟祟的黑影躲进胡同里一声不发。

最后她终于到了码头,这里的风更强劲、海浪猛烈地拍打着藤壶堆,将浪花喷溅到上了锁的仓库窗户上。即使如此,她现在也没有任何犹豫。她轻盈的灰色身影跑着穿过码头前面的空地,消失在黑暗中。

等了几分钟,黑暗中传来了桨声和人们迎着疾风说话的声音。马丁·哈洛韦尔正划着船到岸边接艾伦。在他们后边,"女猎手"上的灯光显示了她要起航的位置。马丁艰难地靠岸,借着梯子爬上码头,顶着狂风站在那里。

"我们来早了一点,"他说,"抓紧那个船钩,他马上就到……"

一个奇怪的声音淹没了他的说话声,仿佛来自水下,却在空中四处弥散,根本无从判定来自哪个方向。这个呜咽声在水面上起起伏伏地回荡着,渐渐减弱消失。

"圣安东尼,救救我们!"近处的水手哭喊道,"这是一些被水草缠住后淹死的人的灵魂。"

"后退。"船舵边的人大喊,然后桨就齐刷刷地划行。

"停下,等等!这……什么都没有,你们这些傻瓜。"马丁·哈洛韦尔大喊,但他的声音却因为害怕而颤抖着,那些受惊的人们并没有听他的话。

那艘船迟疑地与码头保持着一个船身长的距离,桨手们控制着船,不让船随风移动,船上的人害怕地犹豫着,虽然感到难为情,但却也不敢再靠近。然后呜咽声再次爆

第五章 幽灵船

发,伴随着汩汩的海浪声回响着不绝于耳,让人觉得异常惊悚可怕。那艘船像子弹一样弹射出去,飞一般的窜进了黑暗中,尽管艾伦沿着码头奔跑一直喊他们回去,但是那些水手们完全不理会,继续卖力地摇桨向远处划去,船尾的灯笼因为剧烈的摇晃而忽明忽暗,当那艘船最终靠近"女猎手"后,灯光消失了。可以看出"女猎人"起了锚,摇摇晃晃地随着海浪慢慢驶离了海港。

"船走了——没带我!"艾伦大喊,"天呐,他们应该回来,胆小鬼!"

"你听到了吗,那个恐怖的声音?"马丁·哈洛韦尔问。海浪一个接一个,两浪之间很短的间歇中,能听到他的牙齿在打战。

"太糟糕了!"艾伦气愤地大喊,"那是我妹妹西赛莉,她藏在码头底下呢。我们之前曾玩过这个游戏吓唬本·巴顿。出来。"他厉声喝道,跪下后把一条胳膊伸到黑暗中拉她出来。

西赛莉出来的时候浑身湿漉漉的,被冻的不停发抖,头发一缕一缕地沾满了泥,双手被锋利的藤壶割伤。黑暗中,她哀求地看着哥哥,脸色苍白,但他却一言不发厌恶地走开了。还没等她追上他,马丁·哈洛韦尔就拽住了她的胳膊。

"是你?"他大喊,"是你?"

他用力摇晃着她，直到她感觉头晕，眼前天旋地转、耳边狂风呼啸。他声嘶力竭地冲她大喊，说着一些她似懂非懂的话。他艰难地挣扎着让船起航时内心压抑的愤怒，小肚鸡肠地要报仇雪恨的期望以及刚才受到惊吓的耻辱，现在一股脑全部疯狂地发泄了出来，发泄到这个碍他事的女孩身上。

"我要教训你。"他大叫，抓着她胳膊的手一直用力，直到她觉得疼，想要挣脱，"我要让你知道你不能……"

他还没说完嘴上就狠狠挨了一拳，他跟跟跄跄地退后，放开西赛莉的胳膊，震惊地盯着打他的人。

"那是我妹妹。"艾伦说，非常严厉而沉静，此刻突然很像他的父亲，"不管她做了什么你都不能伤她。虽然她毁了我随'女猎人'一起航海的机会，但她至少让我看清楚了你，看清了你是什么人，马丁·哈洛韦尔。"

艾伦扶着西赛莉离开了码头，而惊慌失措的马丁则沉默地站在后边盯着他们。他们两个走在陡峭的高街上，什么都没说，但是男孩的脑子里肯定是思绪万千。当他们推开自家的房门，走进暗淡的门廊时，他才说了第一句话。

"西赛莉，你能在壁炉旁等我一会儿吗？我得先去……先去告诉父亲我之前犯的傻。"

第五章 幽灵船

进入冬季几周后，有消息传来，说和平协定已经在平安夜签署，参加战争的船开始陆续返乡。尽管一些船满载战利品而归，但无一例外每艘船都遭遇了冬季暴风雨的侵蚀，而且没有人带回"女猎人"的消息。据卡罗莱纳州一艘进港申请修理的船上的水手们讲，他们曾救起一组在船艇上随波逐流的船员，并把他们安置在一艘开往切萨皮克湾和特拉华州海岸方向的船上。

"那些人大部分是瑞典人，"水手们告诉艾伦，"而且他们也不太愿意谈论他们失去的船，但很可能是'女猎人'。"

鲁斌·哈洛韦尔一直在竭尽全力让闲置的船出海去重建和平贸易。但是，当他敦促同乡们努力争取美国的商业利益，以免永远无法挽回时，他们还是犹豫不定。

"我们必须要先弄清楚我们的情况。"他们说，"我们可能还没有失去'女猎人'，她可能还会给我们带回财富。"

转眼二月过去，进入了三月。与二月份的暴风雨不同，三月通常只是阵雨。那天是周日，刚刚下过雨，空气很清新。中午时，在小镇教堂里做完礼拜的人们都走到了高街上。之前又急又大的风雨已经停了，虽然海水依旧泛白，但阴云正在逐渐散去，天空开始变蓝。西赛莉与父亲和哥哥一起走在人群的前头，当他们走到家门口的时候，她停下，往远方扫视了一下海港,看见蓝色的海面上有环形水波在移动。

"哦,看,看!"她突然喊。

一艘船正缓缓地驶入海湾,虽然庄严的船身在海面上一起一伏,但航向却是稳稳地向着码头。她的船帆在断断续续的阳光照射下闪着白色的光芒,她的线条在灰白色海水的衬托下显得深沉,她的索具甚至是旗帜的颜色与天空截然不同,而且她看起来不像他们以前见过的任何一艘船。西赛莉以前画过"女猎人"的线条、桅杆、船体、绳索和帆横杆,知道那就是她,但是她怎么这么奇怪?为什么她经历风雨侵蚀却没有变样?是什么让她的帆像云一样闪亮透明?

在簇拥过来看这一奇景的人群中,女孩发现马丁·哈洛韦尔正瞪着眼睛往人群前面挤。上周回来请求到鲁斌·哈洛韦尔的船上工作的本·巴顿也正朝着艾伦走去。

"海上一点风都没有,她就直直地开进来了。"她听见一个老水手喃喃低语,"即使是'女猎人'也不会像那样航行,但那确实是'女猎人'。"

船越来越近,然后突然停下,像是受到猛烈逆风的击打,开始颤抖。她的主桅杆突然被狂风吹断卷走,他们看见一个三角帆被吹成碎片,横杆一个接一个被吹跑。就像是

第五章 幽灵船

遭遇飓风一样,她的船身倾斜,前桅无声无息地倒下变成了一堆残骸。她越来越倾斜,然后突然消失了,海湾上空荡荡的,除了三月份的阳光,再没有其他任何东西。

人们都屏住呼吸,站在那里等着有人说话。但最后只有本·巴顿还能镇定地开口说话。

"我以前听说过这样的事情。"他说,"聪明的船长都说这叫海市蜃楼,但是更聪明的水手说这是来自另一个世界信息。我们的'女猎人',她已经走了,再也不会有风能送她回家了。"

面对这一事实,他冒险投机的结局,马丁·哈洛韦尔急忙转身沿着街道走开了。一个带着手表的高个子男人慢慢走到西赛莉的父亲跟前。

"我现在终于相信,鲁斌·哈洛韦尔,我们的船没了。"他说,"我们不应该等着发战争的横财,现在和平了,我们也该重新去做低风险的和平生意了。你能让我加入你的下一艘船吗?你是我们之中唯一预见战争结束、和平开启的人。"

"我想马上就会有高桅横帆船从这个港口出航了。"本·巴顿低声对西赛莉和艾伦说,"这些船的工艺会比'女猎人'更好,而你的哥哥很快会成为船长。我和他,不知会在哪片海域航行,也不知我们会给你带回什么样的宝贝,西赛莉小姐。我愿意追随鲁斌·哈洛韦尔的儿子到天涯海角,只要他不要求我在周五出海。"

第六章　珍妮特的冒险之旅

在听故事期间，波莉和珍妮特一直忙着分拣蜂箱，将那些需要放置在大架子上然后挂在蜂房上层的小蜂箱放在一起。养蜂人将她们分拣好的一大堆蜂箱集中到一个篮子里，招呼奥利弗过来帮忙搬到外面。但是，他把篮子放在台阶上后就坐在了旁边的凳子上，并没有马上去坡下的蜂房。

"你刚才要跟我说什么事。"他说，"是让你感到不安、烦躁的事，所以我才觉得你最好是先平静下。现在你可以说了。"

"是的，我的脑子现在已经清楚些了。"奥利弗表示了同意，"是我舅舅，我们这次就是来看他的。我想帮助他，尽管……"他笑了笑,想起了他之前的行为,然后坦诚地说,"第一天刚来这里的时候我非常生气,都要恨他了。"

"如果是真的,"他的朋友郑重地说,"我以后就不能再让你来了,不仅因为我也喜欢你舅舅,而且我也很重视我的蜜蜂。有一个古老的迷信说法,不能将怨恨带到有蜜蜂的地方,因为它们能感受到,会憔悴然后死亡。我得保护好我的蜜蜂。"

男孩马上抬头看了看他朋友明朗和蔼的笑脸,意识到那人既不相信那个古老的迷信,也不相信奥利弗会有任何邪恶的想法。

"或许,"养蜂人继续说,"你第一次来这里的时候,给蜜蜂带来了一些危险。我想,你来的时候心里有不愉快,但离开的时候就没事儿了。"

奥利弗点点头。他弄不明白之前怎么就会自私地决定逃离。

"你怎么知道的?"他问。

"我猜的,呃,根据很多事情猜到的。虽然我的年纪跟你舅舅贾斯珀差不多,但因为我是波莉的父亲,所以我比他更了解你们这个年纪的人。我甚至知道你出走的直接原因。"他看到男孩羞愧地红了脸,马上善解人意地继续说,"我自己也担心贾斯珀·佩顿,是的,不要奇怪。我跟他很熟,所以知道他的名字。我们梅德福谷里的每个人都互相认识,我……我有时也为他工作。现在,跟我说说,你觉得是哪里出了问题。"

跟他说的时候,奥利弗心里有一种感觉,觉得那人好像知道其中的一些事情,但他还是很认真地听,而且当听到安东尼·克劳福德三番两次贸然造访时还皱了皱眉头。

"你舅舅不知道怎么跟那种人打交道。"他评论着,"他太正直了,不知道那种人会为了达到目的,而采取卑鄙、阴险、下流的手段。我知道安东尼·克劳福德,也知道他想要什么。我们所有人可以联合起来,一起对付他。但是,奥利弗,我相信我们能打败他。"

"我们能做什么,我能做什么?"男孩追问。他已经准备好,马上去完成这件大事,"你不能跟我解释下到底是怎么回事吗?"

男人摇摇头,这让男孩感到很失望。

"我觉得如果你舅舅自己不愿意跟你说的话,那么我也不应该跟你说。"他说,"尽管我也想让你知道。但是有两件事情你可以做,一件是,你要对舅舅有耐心,当他不善于安排那些……那些能让你们开心的事情而犯的错。现在,在家里他需要你和珍妮特才能感到快活一些。"

"那个并不需要我特别做什么。"奥利弗说,"我希望另一件事我能多做些。"

"另外一件事,去找约翰·梅西借一条船,你会驾驶帆船吗?好,我觉得你看起来就像那种会驾船的男孩子。然后划船沿着梅德福河上下走走,看看保护山谷里平坦农田的堤坝保持得怎么样,然后回来告诉我。你可能不明白原因,但你要相信我,这件事很重要。安东尼·克劳福德认为他自己非常聪明,但如果我没有想错的话,他正在给自己挖坑呢,我和你估计马上就能看他倒霉了。我们唯一需要确认的是,等他自己倒霉时不会连累到别人。"

奥利弗又问了一个问题:"我想知道你和波莉姓什么。"他说,"我不知道你为什么知道我,而我之前也没有问过你姓什么,直到珍妮特提醒,我才想起来从没听你说过。我只知你是个养蜂人,却不知你的名字。"

"如果你想知道波莉的全名,你可以叫她波莉·马歇尔。"他的朋友回答,"至于我,我更喜欢被叫作养蜂人。如果你愿意,我们可以一直使用这个称呼。现在我得去照顾我的蜜蜂了。"

之后奥利弗便去约翰·梅西那里借了帆船,虽然没有费什么劲,但他还是向约翰·梅西含糊地说,"山上那位养蜂人说你会把船借给我。"

"当然,我会的。"约翰·梅西由衷地说,"只是你要当

第六章 珍妮特的冒险之旅

心在河道里搁浅。这条河每年的这个时候水位会降低，虽然等到洪水泛滥时，就会变得非常凶猛。"

奥利弗抖了抖破旧的船帆，设置好船舵方向后，就扬帆起航了。微风徐徐，帆船沿着河流缓缓顺流而下，船首和舵柄下荡起的涟漪发出睡梦般的呢喃，小船还时不时懒洋洋地颠簸几下。溪流的一侧是一片沼泽湿地，当他推开高草和香蒲草的时候，惊到了一只正在枯树上打盹的翠鸟，这只翠鸟飞起来，抬眼看去，如同一道蓝白色的亮光。

另一侧是高高的河岸，再里面就是被泥土河岸保护的田地。这里的河道被冲刷得很深，不安分的水流不断切割着堤坝，在高出水位线的地方留下一道道又长又黑的疤痕。

"不应该这样。"奥利弗说，继续往下游走后，他欣喜地发现下游的堤坝上用碎石做了修补，没有之前见过的那些疤痕。但是，在河流拐弯的地方，至少有一英里的堤坝因为失修而破败不堪。

他抬头越过堤坝向远处看去，首先映入眼帘的是低洼的农场、树梢和筒仓尖；其次是山坡以及山坡上蜿蜒的白色道路；再次就是那个奇怪的破黄石房子，藏在一片树丛中若隐若现；之后，在这座破房子的上面便是贾斯珀舅舅的红色大房子，它依坡建在快到山顶的斜坡上。溪流的另一边住宅很少，山坡上树木繁茂，往上一点有一片开阔的绿色果园，再往上就是风之丘下面的草坡。当靠近搭在河上的桥时，他见到一座长长的灰石房，房子花园里的鲜花争相开放，艳丽的颜色一直蔓延到河边。他记得表妹埃莉诺就住在这里，他自嘲地笑了笑，即使是这么安全的距离，他还是小心翼翼地让船沿着对面的河岸走。

到达桥的位置后，他不得不调头，顺风逆流而上。他舒服地伸开胳膊腿躺在船上，也不管船，脑子里想着很多事情，包括贾斯珀舅舅，奥利弗想着他逃跑那天对舅舅做出的错误评判。虽然舅舅又笨拙又顽固，但关于表妹埃莉诺这件事，他毕竟完全是出于好意。

"但是，我永远不会见她，我不会让步。"他宣布，几乎都要大声说出来，然后他就马上意识到，他和贾斯珀舅舅一样顽固。

"我为他感到难过，而我会帮助他的。"他自言自语地说，"或许不久，他就能学会如何跟男孩子打交道。"

他还想到了安东尼·克劳福德！这个人看见他趴在墙上看，当想起他幸灾乐祸的样子时，奥利弗的脸又红了。他能有什么力量，他说的那些丢脸的事情是什么？跟其他人一样，那个养蜂人也很神秘。当奥利弗问他的名字时，他故意绕开而没有回答。

"只有波莉的身上没有谜团。"他说，然后他就回到了

第六章 珍妮特的冒险之旅

约翰·梅西的小码头，对着船的停泊处扫了一圈。

与此同时，因为有事而留在家里的珍妮特，却无意中卷入了一场属于她自己的冒险之旅。她本来已准备好跟她哥哥一起，但贾斯珀舅舅喊她去看一些新开的玫瑰花，因为耽误的时间太久，她那着急的哥哥没等她就自己走了。当贾斯珀舅舅回到房子后，她愁闷地在树篱道上来回徘徊，最后走到大门口，站在那里向外看，那条路一直通向远处的山坡。午后，一片昏昏欲睡的寂静，路上间或驶过一辆嗡嗡作响的汽车和一辆撑着磨轮艰难行进的运草大马车，身后拖起长长的尘云。

她走到路上，琢磨着应该找一个有利位置俯瞰下面的河流，看看奥利弗走到哪儿了。不一会儿，她就走到了一处开阔的山顶上，在这里看到了流淌的溪流和在绿色海岸边缓缓移动的船帆。她站在那里一直看着，徒劳地想着如果她当时跟着一起去就好了。突然，她感觉到有人在看她，于是转过身，发现一个头发深黄的小孩儿正坐在两排赤杨灌木丛之间的沟边上，瞪着蓝汪汪的圆眼睛聚精会神地盯着她。

"你在干什么？"她吃惊地问，因为这个小男孩看起来只有四五岁，这么小的孩子不应该独自一人出现在路上。

"我在想我能回家就好了。"他回答。

他说话的时候下巴轻轻地颤了下，好像这个问题让他感到绝望,但他决定不哭。"当那个运草马车经过的时候,我就这样想了。"他镇静地解释,"于是我闭上眼睛,这样我就不会再看见它了,也不会破坏我的好运。等我睁开眼的时候,你就在那儿了。"

他从沟里翻过来,走到她身边,伸出手自信地拉起她的手,好像认为她一定会带他回家。

"能告诉我你住在哪里吗?"她问,并和他一起走着。

"嗯,可以。"他高兴地回答,"路旁有一头牛在吃草,我想从它身边走过去,但它一直盯着我,样子很凶,所以我就不敢回去了。我带你去看看。"

他们走了挺远的路,一路上他都坚定地跟在她身边,心满意足地主动说个不停。她从他的话中了解到很多的信息:他叫马丁,有一个小弟弟,他从家里出来的时候,他的弟弟正在哭,他的母亲也在掉眼泪,他家的畜棚里养着一头红色的小牛,他们家旁边的地里有一个稻草人。他领她走到一个路口,然后拐进一条狭窄阴暗的小巷,确实如他所说,路边有一头老黑牛正在吃草。看到他们,那头牛拽直了拴着它的缰绳冲他们打招呼。

"有你在我就不怕了。"年幼的马丁大着胆子说。珍妮特抓起一把苜蓿喂它,甚至还成功说服马丁轻拍了它光滑的黑白相间的头。

第六章 珍妮特的冒险之旅

他们走到小路尽头后,女孩看见一扇破门,开始意识到她到了奥利弗曾给她说过的那个地方。她停下脚步,觉得她不能继续再往前了,但是小男孩儿却拉着她的手不放。

"我父亲不在家。"他告诉她,根据他对父亲一些不愉快的了解,他好像知道她为什么犹豫,"而且,我的母亲在哭。"

珍妮特不太情愿地推门走了进去。

一位衣衫褴褛的妇人正憔悴地坐在阴暗门廊里一个没刷过漆的凳子上,怀里抱着一个婴儿。就像马丁说的,她脸上挂着痛苦无助的泪水,而她怀里生病的婴儿正在包裹里疲惫不堪地哀嚎。

"虽然我不太会,但我很想帮你。"珍妮特说着坐在她的旁边,那位可怜的妇人意外听到有好心人愿意帮助她时,突然哽咽了,泪如雨下。

"我不敢把他放下,他一直这样哭。"她控制了一下情绪终于说道,"你能否去厨房里烧一些热水,并把我挂着的毯子拿过去烤热?我估计现在火已经灭了,但是我担心他会再次窒息,一直不敢动。你觉得能行吗?"

珍妮特做得很好,马丁一直跟在她身后告诉她东西放在哪里。她烧了热水,烤热了毯子,甚至还翻出茶叶罐,给那位疲倦的母亲泡了一杯热茶水。

"你真是帮了我的大忙了,亲爱的。"妇人说着放下空茶杯,"他嗓子发炎了,咳嗽了一晚上,我都忘了我还没吃早餐。"

"他的父亲去请大夫了吗?"珍妮特问,从屋里给小婴儿拿来一个垫子。小婴儿现在看起来安静了许多,快要睡着了。

"没有。"妇人简短地回答。

她没有解释。显然,安东尼·克劳福德压根不关心孩子是否病了。

珍妮特在这里忙前忙后的时候,她被房子里面的惊人魅力所触动。虽然外面破败、荒废、杂乱,但是里面完全不同。白色的木制品已经很久没有粉刷过了,这不假,而且地板也被磨损得凹凸不平,但房间里很宽敞,老旧的红木家具看着又尊贵又舒适,弧形白色楼梯配上黑色抛光的扶手透出一种真正的优雅和美丽。从褪色的碎呢地毯到窗户上破裂的窗格,一切东西都干净得一尘不染。但最让她惊喜的地方是厨房,因为横跨整个房子后半部分的厨房里面有一排低矮的窗户,上面爬满了常春藤,透过这些窗户可以纵观河边的草地平原。厨房的一端放着一台没什么用的廉价又丑陋的现代化灶具,但是另一端仍保留着以前的旧壁炉、转臂、加温柜和石制的宽阔炉床。

第六章 珍妮特的冒险之旅

小婴儿的情况已经明显好转，他的母亲终于能笑出来，安心地靠在凳子的一角。

"这里空气流通，他在这里好多了。"她说，"我相信他一会儿就能睡着。现在，我如果能有一条法兰绒盖在他胸前就好了！你可能得上阁楼找找，可能是卷在哪个箱子里了。但是，我相信屋檐下的香柏大木箱里应该有。"

在憨厚的马丁指引下，珍妮特爬楼梯上到阁楼，温暖的阁楼落满了灰尘，空气中弥漫着热木瓦和薰衣草的香气。她来回走动着，想要找到克劳福德太太跟她说的法兰绒布卷。她发现里面应有尽有——几个旧时钟、几把细长腿椅子、一个高背红木沙发和一台纺车。最后，她在远处屋檐下的一个箱子里发现了她要找的东西，但当她想把箱子拖出来，好打开盖子的时候，不小心碰倒了靠着箱子的一摞画。她弯腰把画捡起来，想要重新摆好，然后却欣喜惊奇地盯着看了起来。

珍妮特喜欢美丽的东西，尤其是画，只看了一眼她就能知道这些画珍稀罕见。她记得父亲曾带她去一家知名画廊看到一幅风景画，而她眼前的这幅画跟那幅画非常相似，毫无疑问是出自同一位画家之手，上面是十月份一个晴朗的日子，几朵白云漂浮在一座绿意葱葱的小山上，"这种意境让你感觉好似能看到数百里之外。"珍妮特边想边放下手中的画。另外一幅风景画上有一条白路蜿蜒曲折地穿过峡谷，山谷中的树被扫过山间的狂风暴雨吹弯了腰。有一幅肖像画，画着一位严厉的老妪和一位身穿蕾丝边缎子外套的男人。画中一条长浪带着凉意正涌向一片洒满阳光的洁白海滩，这些生动的画面吸引了她的眼睛。

她把画靠着屋檐重新排放好，站起来看着休息了下。这些画在这个积满灰尘的阁楼里只能干裂、变形和褪色成一堆废纸！她无法理解这些画怎么会被放到这里，但也没有深想太多，因为看到这些真实美好的东西后，她已经完全沉浸在纯粹的愉悦之中。一张裱在一面碎玻璃和一个破框架中的画几乎吸引了她全部的注意力，画中画着一艘船，是一艘满帆前进的护卫舰，拘谨的画风中透出百年前的老画才有的古雅之色。站在码头前的人群里有身着紧身裤的绅士和斜着肩膀站在小遮阳伞下面的女士。船身下涌动着不太真实的扇形巨浪，但是老式僵硬的画风丝毫没有掩饰她线条的优美和弧形船帆的优雅。船的名字用金色的笔标注在下边，已经褪色："女猎人，1813年。"养蜂人的故事还鲜活地在她的脑海里，因此她根本不需要思考就知道曾在哪里听过这个名字。

"哎呀，那个故事是真的。"她惊呼，"而我以为是他杜撰的！"

第六章 珍妮特的冒险之旅

当她拿着这幅画想要看得更清楚时,一张差点遗漏的画从两个框架之间滑出来掉到地板上。她捡起来,发现这幅白底金框是一张微型的人物肖像画,一位年轻的女孩,棕色头发高高盘起,眼里透出热切的笑意。

她翻过来发现背面铭刻着一个名字,"西赛莉,十七岁。"

"马丁,"她喊着,突然有了灵感发现,"马丁,快过来,告诉我你的全名是什么。"

小男孩正在远处角落里从满是灰尘的物件中寻找他眼里的宝贝,听到喊声便从里面出来站了一小会儿,从屋顶下的一个小窗户里透进来一缕阳光正好落在他身上。

"马丁·哈洛韦尔·克劳福德。"他说。

她希望能永远记住他当时的样子,阳光照着他蓬松的黄色卷发,胖乎乎的小脸上带着微笑,但当他们听到从身后传来的声音时,他的小脸突然变得煞白。她转身看见安东尼·克劳福德正站在楼梯上。

第七章　西赛莉的肖像画

如果珍妮特想更多地了解安东尼·克劳福德是个什么样的人,她从他儿子害怕得突然哆嗦中就可以窥见一斑。虽然她自己也很震惊,但还是强装镇定,她刚转过身来直面着他,就听到他尖酸地说:

"首先是哥哥爬墙窥探,然后是妹妹在我家到处乱翻。是贾斯珀·佩顿让你过来,看我把西塞莉·哈洛韦尔的肖像画放在哪里的吗?他之前给我的时候就很不情愿。"

"我并不知道那人就是西赛莉·哈洛韦尔。"珍妮特回答,尽量让自己的话听起来平稳些,"我甚至不知道她是一个真实存在的人,我以为她只是故事里的人。"

第七章 西赛莉的肖像画

然后，克劳福德走近她，马丁突然吓得尖叫了一声，她慌的失去了理智，朝着楼梯跑去。男人伸出胳膊想阻拦她，但她灵活地从他胳膊底下钻过去，狼狈地跑下楼梯。虽然她跑得很快，但楼梯又宽又浅，她感觉好像永远也跑不到楼下，但她最终还是跑到了楼下的大厅，又跑到外面的门廊上。她从克劳福德太太身边经过时，克劳福德太太正坐在那里轻拍着怀里已经入睡的婴儿，并焦急地抬头望着，她从听到她丈夫上楼后就一直非常担心。

当她跑出大门觉得安全后才停下来喘气，发现自己的双腿抖得厉害，心脏也砰砰跳得很快，但当她意识到手里还拿着西赛莉·哈洛韦尔的小画像时，她的心脏好像突然停止了跳动。

"我是不是应该送回去？"她绝望地想，但马上就清醒地意识到她没有那个勇气，然后她匆忙地沿着巷子跟跄着跑了出去。中途她鼓足勇气回头看过一次，看见安东尼·克劳福德正站在门口台阶上目不转睛地看着她，那个看起来跟他有些像的稻草人举着那稻草手臂，好像在向她道别。

那天直到傍晚奥利弗和珍妮特才有时间单独坐在一起，他们焦虑地坐在阳台的长藤椅上，珍妮特拿出那幅小肖像画，说了她惊心动魄的遭遇以及因为惊慌失措不小心拿出来这幅图，与此同时奥利弗则沮丧地在想，应该如何把画还回去。

"我没想到把这幅画给拿出来了。"珍妮特悲伤地说,"当时它就在我手里,我太害怕了,什么也没想就跑了出来。我想过把它放在门口的草丛里,但担心这么珍贵的画作会丢失。那个人会说是我偷的,我不知道该怎么办。"

"我们得把画还给他。"奥利弗坚定地说,"明天我们就……"说到一半他突然停了下来,因为他甚至都无法想象,自己会站到安东尼面前,把画还给他。

"我们告诉贾斯珀舅舅吧?"珍妮特提议,但是奥利弗却表示反对。

"安东尼·克劳福德肯定会说是贾斯珀舅舅让你去拿的。尽管我不懂为什么,但感觉这幅小肖像画和其他那些画可能是麻烦事的一部分。所以,如果那个人来这儿要,贾斯珀舅舅要是能说他什么都不知道最好。"

"对,"珍妮特赞成,"我相信,如果贾斯珀舅舅知道的话,他会想着保护我们,然后安东尼·克劳福德就多了一件能拿来威胁他的事。我已经开始了解这两个人了,我们之前忽视了贾斯珀舅舅的很多事情。"

他们还没说几分钟,贾斯珀舅舅就过来了,奥利弗从长藤椅上起身给他腾了位置,但还没等他坐下,霍奇斯基就过来传信了。

第七章 西赛莉的肖像画

"先生,约翰·梅西在厨房,说他想见见您,有一些重要的事情想跟您说说。"

"把他带到这儿来。"贾斯珀舅舅说,当来访者穿着他最体面的衣服有些窘迫地走到阳台时,舅舅像见到最尊贵的客人一样马上礼貌地起身迎接。

"怎么了,约翰?"他问,显然这个被晒得黝黑的农民是他的一位老熟人。于是,来人马上开始大声说起他此行的目的。

"我被解雇了,先生。"他说,"没有事先通知就让我离开农场,可我的庄稼还长在地里。我承认我交租金有些不及时,但是这里没有几个老板会像克劳福德先生那样催租金,他们在季末的时候收租金,但农民没有收成的时候他们不会穷追不舍地要。而且,一块从不施肥的土地上还能有什么收成?那块地被他弄得贫瘠不堪,然后却因为我没能给他种出金子,就把我一脚踢走。先生,我……我想您能不能帮我做些什么。"

"帮你做些什么?"贾斯珀·佩顿回应,"恐怕要让你失望了,我对安东尼·克劳福德也无计可施。"

"我不明白。"来人继续说,"三年前,你是我的老板,那时大家除了知道以前曾有他这么个小伙子外,与他并没有任何交集。你拥有河流沿岸所有的低洼地,而所有的佃户以公平的方式交租种地,大家都很满意。但是后来他来了,说上游的土地都是他的,之后我们马上就发现倒霉的日子来了。以前的一切都被推翻,大家受到不公正的待遇,而我现在却因为他所做的一切被他一句话就给打发了。你能否在下游属于你的土地上给我找个地方种?"

他焦急又伤心,脸色通红,珍妮特也为他感到心痛。她知道他的妻子体弱多病,现在已经过了下种的时节,他的一切努力都白费了,他必须得从头再来,所以他才来到这里。她焦急地等着,想听听贾斯珀舅舅会怎么处理。

"我……我帮不了你,约翰。"他最后说,语气极其缓慢而沉重,"即使我能在下游给你另找一处土地,也只会挑起麻烦,可能等你哪天一觉醒来会发现安东尼·克劳福德最后又成了你的老板。如果你愿意待在你原来的地方,我可以给你一些钱拿去支付租金,但我也只能做这么多了。有些事情,我们也身不由己,做不了主。"

"我不想留在那里,先生。"约翰·梅西回答,"对于安东尼·克劳福德,我还是一遭把事情都说了吧。我一有时间就去修补堤坝,要不是我,估计那块地早就遭殃了,但他还是这么说,把我当成个傻瓜。我以为或许你能帮我,因为他没来之前,我是你的佃户,而且做了很久。"他因为失望,说话的声音越来越低,"我不知道还可以找谁。好吧,晚安,

第七章 西赛莉的肖像画

先生。"他转身迈着沉重的脚步走了。

他走后，大家都沉默了。奥利弗靠着阳台的围栏；珍妮特坐在大椅子上紧握着双手放在膝盖上；贾斯珀舅舅扶着围栏安静地站着，眼睛凝视着花园。房间里的光透过长窗落在他的脸上，如此苍白而又疲惫。虽然他的厌倦和不快已经有一段时间了，但是今晚的他看起来却是绝望。时间一分一分过去，他站在那里仍旧一言不发，眼睛径直盯着前方。

他的痛苦似乎已经远超出了两人的想象。奥利弗不知道该说些什么，只能无奈地默默站着，珍妮特走到舅舅跟前，犹豫着小心翼翼地说：

"我们能帮什么忙吗？能否告诉我们您在想什么？"

"我只是在想，"贾斯珀极其缓慢地回答，"我搞不明白，我最近常常想，生活怎么就莫名其妙地变了，扭曲得都失去了它应有的样子。如果你倾尽一生坚守心中的信念，竭尽所能想要维护公平、公正，但所有的努力却在多年之后突然化为泡影，怎么能这样？一个满脑子歪门邪道的无耻之徒怎么还能威胁着要夺走属于你的一切，甚至还说要破坏你的名誉？为什么你为了公正地解决事情所做的努力都只会让事情变得更糟糕？是这个世界真的哪里出了问题，让一个卑劣的人可以做出这么多的坏事，让一个高尚的人永远都解救不了？你们认为是这样吗？"他最后问，转过身注视着他们，他痛苦地皱着眉，好像需要从哪里获得一些安慰才能心安。

"不是，"奥利弗用力地强调，发现他对自己的声音都有些惊奇，"我完全不这样认为。我认为一个人干了不光彩的事虽然能扰乱你，让你痛苦，但他无法一直得逞，他的计划注定会失败。"

虽然结结巴巴的，但他真挚的话语中却带着坚定的信念。贾斯珀舅舅似乎也被他的信念感染，因为他的脸不再那么紧绷，他动了动僵硬的身体，开始在阳台上踱步，穿过窗户间投下的灯光和阴影。珍妮特贴心地挽着他的胳膊陪在他身边。那是进入六月份以来最热的一个晚上，花园里的花尽情地绽放着最美的容颜。漆黑的夜色中，盛放的白百合释放出幻影般的洁白，一排排一列列，如同整齐的军队前前后后护卫着步道和边缘，每当微风轻拂过，便会突如其来地掀起一股香甜的涟漪，轻飘到阳台上。羞涩的月亮还没有现身，但闪烁的星辰已经布满整个天空，萤火虫如移动的花灯在树木间闪烁，刚入夜时它们总在低空飞舞。珍妮特心里想，世界如此美丽，很难让人相信它会全盘皆错但她发现竟无法将想法用语言表达出来。贾斯珀可能也在思考同样的事情，阳台的尽头有一条用砖块铺设的台阶可以直通到花园里,他走到最上面的台阶上停下来,站了很久之后终于抬脚开始慢慢往下走,因为天黑看不清台阶,他手扶着她的肩膀,以防跌倒。他突然说话了。

"上了年纪的人有时真得依靠年轻人,不仅在身体上,精神上也是如此。"他说,然后就开始说起今年的花开的如何好,说话的语气已经相当轻松。

奥利弗跟着他们走到最上面的台阶边,站在高处听着什么,但显然并不是在听贾斯珀舅舅说话。他歪着头努力想听清远处传来的一些声音,表情看起来很纠结,然后突然了然地走下了台阶。

"贾斯珀舅舅,"他说,"我不是跟您说过园丁想告诉您昙花正开着呢吗?我们要不要去后花园看看?"

他的舅舅犹豫不定。

"已经很晚了。"他回答,"明天晚上也还开呢。"

"珍妮特没见过昙花。"奥利弗坚持道,然后伸出胳膊坚定地挽住贾斯珀舅舅,"而且明天晚上可能会下雨或有其他事情。如果那样的话,她会很失望,园丁也会失望的。"

他们一起走下最后一级台阶,走进香气浮动的白百合花海,朝着后花园走去,然后消失在黑暗中。

尽管是奥利弗提出看花的主意,但他似乎并不像其他人那样兴致盎然，昙花正展开它粉色的花瓣，如此短暂而美丽的盛开。园丁慌忙从草坪那边过来，满是骄傲地向他们介绍着这些他最喜欢的花草，十分钟后奥利弗在其他人忙着称赞和提问的时候，独自返回到阳台上，透过长窗他看见霍奇斯基正领着一个人往外走，那人大声说着话，声音很好辨认。

"没有，他好像不在这里。"安东尼·克劳福德说着，"要不是你让我进来自己看，我才不会相信你。我有很重要的事情要跟他，和那个女孩说。好的，我明天再来。"

他从房间走过，肯定离灯很近，因为整个书房突然全是他庞大丑陋的影子，甚至还投到了外面的阳台上。那个巨大的影子迈着大步穿过一扇扇窗户又突然缩小。安东尼·克劳福德走到门口，站在门道的灯下向霍奇斯基说着他最后的指示。

"一定告诉他我明天晚上会来，所以希望他能在家等着我。"他命令管家，然后爬上嘎吱作响的马车离开了。

霍奇斯基看着他消失在夜色中，显然心里没想什么好话，恨不得他能快点离开。看见奥利弗从阳台另一边的台阶上来，他走过来和他说话。

"今晚的事比以前更糟糕。"他焦急地说，"他说他必须要见佩顿先生，我告诉他不在家，他不信。幸亏佩顿先生

第七章 西赛莉的肖像画

去花园了。"

"是的，"奥利弗说，"我觉得我听到了他那辆破车往大门这边拐的声音，然后突然想起来，昨天园丁跟我说过晚上昙花会开。我想他们应该马上去看看花。"

霍奇斯基刚才一直紧张不安，因为那个人太难应付，他发现这个救急的办法太好了，连一个镇定的管家也做不到。他突然高兴地笑起来，激动地拍了下自己的腿。

"就用这种办法对付他！"他高兴地喊，"那个无赖没想到这次碰上了比他聪明的对手。"

奥利弗咧嘴笑了笑，但马上又恢复了平静。

"霍奇斯基，"他严肃地说，"你千万不要用这种办法。"

第二天早上，珍妮特吃饭的时候故意磨磨蹭蹭的，贾斯珀舅舅甚至都没等她吃完就离开了，而奥利弗则烦躁地靠在椅子上，但最后也终于不耐烦了，催她快点吃，但她却马上凄婉地说出了理由。

"因为我忘不了今天我们得去哪里。"她说，"哎，我怎么就犯了这样一个可怕的错误，竟倒霉地把那幅画给带出来了？"

一想到他们今天要面对的情形，奥利弗也高兴不起来。

"我们必须得去。"他说,"但我想我们应该先去风之丘。我之前答应波莉的父亲,会把我在船上看到的一切告诉他。然后我们还有足够的时间去找安东尼·克劳福德。"

"我应该自己去。"珍妮特说,"因为这是我惹的麻烦。另外,我们要告诉养蜂人吗?"

"等办完之后再告诉他。"奥利弗说,"如果这幅画有问题,那么除了我们自己,最好不要让其他人卷进来。另外,你也不要自己去!我们一起。"

头天晚上雨下得很大,大片的飞燕草和不耐寒植物都被浇趴在了地上,只有喜雨的百合花依旧风姿绰约,仰着它们晶莹的笑脸。天空还阴着,所以很有可能会再下倾盆大雨,但两个人还是穿上雨衣,决绝地出发了。

"果园的拐角处有一个老旧的苹果棚子,底下可以停车。"奥利弗说,"是波莉上次告诉我的,我们可以把车开进去。"

公路又湿又滑,桥下的水位明显上涨。他们小心翼翼地开着车,穿过长满杂草的小路,从果园围墙的一个缺口进入果园,最后利用果树之间的宽道把车开到了棚子底下。车停好后,天空开始落雨点,波莉站在小屋的门口招手让他们快点,所以奥利弗和珍妮特便飞奔着上了山。大雨滂沱而下,湍急的雨水击打着屋顶,顺着屋檐倾泻而下,遮

第七章 西赛莉的肖像画

住了对面的山丘。但是,在清凉雨水的冲洗下,山坡上的草地和果园好像更加郁郁葱葱,门阶旁一簇簇的粉色蜀葵花乐滋滋地仰着头。

"看来一两个小时内我们是做不了跟蜜蜂有关的工作了。"养蜂人说,嘴里叼着烟斗正坐在角落,"现在,跟我说说你在河上都看到了什么,奥利弗。我注意到你的船帆了,所以知道你去过。"

奥利弗详细地说了说河堤的冲蚀情况,养蜂人听后沉重地点了点头。

"这就是我们必须要留意的。"他说,"看来安东尼是听之任之的。现在,如果你们有时间,我们讲个故事吧。"

他们有足够的时间,他们向他保证,高兴都还来不及,因为这样就能稍晚一些再做那项不得不做的任务。另外,他们也急切想再听一个故事,因为他们知道他讲的故事并不是随便杜撰的,而是发生在这里的真人真事。

"我们有时间。"奥利弗向他保证,"我们一点也不着急,你甚至都可以讲一个很长的故事。"

养蜂人赞同地点了点头,脸上挂着奇怪的笑容,似乎完全了解他们目前微妙的处境。

"应该是个很长的故事。"他说,"因为我有很多事情要告诉你们。"

第八章　苹果树小巷里的小提琴手

当人们听说他们计划住到梅德福峡谷山丘上的小屋里时,都说布莱顿家的孩子"肯定应付不了"。

"山上终年都吹着海风,亲爱的。"富勒顿老奶奶对芭芭拉·布莱顿说,"冬天的时候,会冷得刺骨。"

芭芭拉愉快地摇摇头。她长得胖嘟嘟的,这个十二岁的花季少女才不管那里冷不冷。

人们还说,霍华德·布莱顿离开城镇,跑那么老远把房子建到人烟罕至的荒地上真是奇怪。尽管是多年的邻居,但他们从没有真正了解这位邻居。

"山谷里是沼泽地,山上是树林。"富勒顿奶奶对芭芭

第八章 苹果树小巷里的小提琴手

拉说,"几里之内都不会有邻居。当然,人们都知道那块地是你们家的,可是那些你们最亲最近的人可都住在镇子里啊。霍华德·布莱顿怎么会想到要做这样一件事情!"

霍华德·布莱顿的办公室在滨海城镇的码头附近,他们不知道他是如何在他狭窄的办公室里辛苦地设计规划,也不知道他和妻子是多么希望能给他们的三个孩子换个地方,不让他们一直住在拥挤的出生地。即使是在他妻子过世后,他的想法也从未改变过,所以当他发现自己剩下的时间不多时,就马上决定建造一个他们梦寐以求的小屋。

"光想到孩子们能住在那里,我就已经很开心。"当一位直性子的邻居劝他,说他肯定无法在那里生活时,他对这位邻居说,"哥哥们都大了,能够照顾好妹妹,而且山上的小屋很适合小女孩在那里生活长大。"

他的几个孩子年龄跨度很大,老大拉尔夫二十一岁,老二菲利克斯十七岁,而芭芭拉刚才已经说过,只有十二岁。而且,几个孩子的品味也不尽相同,两个年纪较小的孩子都喜欢乡下,一直期待着去风之丘上生活,而拉尔夫则希望能继续留在满是灰尘的办公室里工作,因为他在这里已经开始崭露头角。

"他很会赚钱,但不怎么会花。"邻居说,而他确实也是这样的一个人。拉尔夫,从第一次成功后,就开始满脑子是钱，几乎不想其他事情。

那座农舍最终没有完工，只是完成了主要部分——一间小屋。两旁的侧房一直没建，霍华德·布莱顿本来是打算要扩大的，但中途去世了。他们的父亲走后，孩子们发现父亲把一切东西都留给了拉尔夫，因为七十五年前的法律很难将财产留给未成年的孩子。

"拉尔夫虽然年轻，但头脑精明，会知道该如何照顾两个年幼的弟弟妹妹。"街上爱议论的人们说。

拉尔夫也许是听到了街上的议论，所以表现出了超出他实际年龄的成熟和睿智，但没有人能确定是不是这样。

七月中旬，他们在风和日丽的一天从城镇里密不透风的街道搬到了山上那个海风习习的新家里。

"这里看起来已经有家的样子了。"芭芭拉说。他们到达门口的时候，小房子宽敞低矮的屋顶、宽阔的窗户、和不断摇摆的半扇门让里面充满了阳光和清风，看起来确实是一处可以让他们忘记忧伤、快乐地开启新生活的好地方。屋子上方的橡树沙沙作响好似在欢迎他们，门口台阶旁边长着一簇高大的蜀葵，好像也是为了迎接他们回家，特意选在这一天开出粉白相间的小花。

芭芭拉欢快地从一个房间跑到另一个房间，觉得这里很自由，而她的两个哥哥则坐在门前台阶上看着他们的新

第八章 苹果树小巷里的小提琴手

地盘,规划着未来。他们的父亲之前计划把下面的草地改建成一座果园,甚至都设法种了一半的小树苗,因此现在一坡的绿意中零零星星点缀着一些细长的小树。

"明年春天和秋天,我们把剩下的都栽上。"菲利克斯说,"然后,我会给老克洛伊在厨房建一个新的橱柜和架子,修整一下芭芭拉的房间,然后完成房檐底下的阁楼室,这样我就能在里面随心所欲地拉小提琴,而不用担心会吵到你们了。我想我们会在这里生活得很幸福。"

就这样,他们的生活步入了新的轨道:芭芭拉的老保姆来帮他们做饭,菲利克斯照料果树和小花园,并且整日叮叮当当地工作着,要把这个新地方弄的整洁有序。

"真是可惜了,你应该有一处合适漂亮的房子,配有从天花板落到地板上的长窗、高高的屋顶、雕花前门和用黑色大理石做成的壁炉架,而不是这些用石头砌成的简易火炉。"克洛伊感叹,因为在她看来,那个时代,她所爱的人拥有再典雅的东西都不为过。拉尔夫可能也跟她一样,但是菲利克斯和芭芭拉却明显很喜欢这里粉刷过的地板、平开窗和低矮的大梁房。傍晚,当两个人坐在宽阔的门阶上时,菲利克斯会和着风吹过橡树的声音拉响小提琴,芭芭拉则会迷恋地听着琴声,因为她哥哥的小提琴确实拉得很好,琴声时而欢快、时而奔放、时而低沉。当星星出来的时候,从海边吹来的晚风晃动蜀葵和橡树树枝,此时芭芭拉就会一点点靠到他的身边。拉尔夫每天都骑马去镇里,在他那拥挤的小办公室里处理大量账簿,并且经常会在腋下夹带回一些文件。他会点起蜡烛,坐在窗户旁的桌子边看文件,但每当外面响起琴声,抒发对童年、花朵和星辰的赞美时,他都会皱起眉头,烦躁地用笔尖敲击桌子,因为他不喜欢弟弟拉小提琴。

"你在这上面浪费的时间真是太多了。"他说,"还不如干点其他有意义的事情。"

"我对金钱、数字不感兴趣,缺乏这方面的天分。"菲利克斯回答说,"所以我必须以我的天赋让我自己有用。"

温暖的金秋十月,山谷披上了色彩艳丽的新装,橡树也变成了铜红色,正是栽种果树的好时节,因此菲利克斯开始继续栽种果树,芭芭拉则跟在他身后帮忙。他每栽下一棵树,她就会扶住,让他压实根部的土壤。

"我们在中间留出一块空地。"他说,"弄一条直通到房子的小路,这样等拉尔夫和我回家的时候,抬头就能看到开着的房门和台阶周围的蜀葵。只是,"他遗憾地摇摇头,"我担心拉尔夫看不见这些花儿,因为他从镇子里回来的时候满脑子装的都是钱。"

芭芭拉转身想要仔细看看果园,发现有人正艰难地在

第八章 苹果树小巷里的小提琴手

小树苗之间穿梭着走过来,树叶在他沉重疲惫的脚下发出嘎吱嘎吱的声音。

"哦,是个小贩。"她急切地喊,因为这些经过的商旅通常会让她很高兴,他们身上带着的蕾丝、华丽的刺绣和彩色小珠子会让这小女孩目不暇接、爱不释手。但是,这次路过的小贩有点不同,他面色黝黑,长着一双动人的黑眼睛,是一个刚到美国没多久的意大利移民,他用蹩脚的少得可怜的英语急切地解释着,想把他带的那些小玩意儿和日常生活中会用到的小物件卖出去。

因为他又累又饿,他们就把他带到了房子里,芭芭拉给他拿了些食物,菲利克斯问了几个问题,类似于从哪里来和要到哪里去。他说,他本来打算在这个小海港安身立命的,但……他开始变得非常健谈,以至于他们几乎听不懂他的话。他现在又不想待在这里了,他必须继续走。

"是金子。"他兴奋地喊,并用两只棕色的手不停比划着,"美丽的黄金,遍地都是!"

因为解释不清楚,他就拿出一张破旧报纸让他们自己看。那时候消息传播的速度很慢,所以直到那时,这对住在与世隔绝的梅德福谷里的兄妹,才第一次知道加利福尼亚发现金子的消息。然而人群密集的城镇就不同了,故事越传越离谱,于是,到处都是为金子而疯狂的人们,他们说那里遍地是拳头那么大的金块，河水都被山上发光的金土染成了金黄色。

"听着，芭芭拉，这不可能是真的！"他大声说，当他大声读报纸的时候，那个意大利人还兴奋地打断他想要告诉他更多。他就是因为这个才放弃了原来的计划，打算卖掉他所有的东西，去遥远的加利福尼亚淘金。

"他们说旅程很艰辛。"他承认，"但是既然旅程的尽头有巨大的财富，那么谁又会在意呢？"

他要卖的东西已经剩得不多，而且他们也没有多少钱能买，但是因为被他的狂热所感染，他们愿意拿出所有的东西跟他做交易。他卖的东西里有一个雕刻的象牙十字架、一条纯银项链和书包的底部一个发出嗡嗡声响的方形盒子。

"当心，"当芭芭拉要往盒子里面窥探的时候他警告，"他们会飞走的——蜜蜂！"

"蜜蜂？"她惊讶地回应。

是的，他随身一直带着一只蜂王和她的随从，一路带到了美国。他郑重地告诉他们，意大利蜜蜂因其美丽、勤劳和温顺而闻名世界。

"他们只有在人伤害他们的时候才会蜇人。"他说，"否则永远不会主动攻击人。"

第八章 苹果树小巷里的小提琴手

他有丰富的意大利蜜蜂养蜂经验,向他们解释了应该如何把蜜蜂放到蜂箱里和应该如何照料蜜蜂。菲利克斯见过一些农民迂回地与野外的黑蜂斗争,黑蜂非常具有攻击性,所以如果想要搜集黑蜂蜂蜜,只能把整个蜂群都熏死。为了证明这些意大利蜜蜂如何温顺,那人还把盒子打开一条小缝,让这些黄色的生物爬满他的手指。

"我必须马上卖掉它们。"他说,"因为它们在盒子里活不了太久。"

菲利克斯和芭芭拉买下了蜜蜂,这花光了他们放在屋子里的所有钱,甚至连他们依照拉夫尔的建议,存在壁炉架上小雕盒里以防万一的全部储蓄都用上了。那人离开了,穿过果园时还转身举起他破旧的帽子向他们挥手再见,他现在很高兴,因为他已经卖掉了所有的东西,可以轻装去加利福尼亚了。

菲利克斯坐在门口台阶上看着他离开,而芭芭拉则回到屋里,当她摆晚餐的桌子时脑海中突然闪过一个想法,然后便走到门口。

"菲利克斯,"她说,"我不知道拉夫尔会怎么说?"
但是菲利克斯根本没有在听。

"金子,"他轻声重复,"你听到他说的了吗,芭芭拉?河里的沙子是黄色的,印第安人拿金砖给他们的孩子玩,一天的收获就够一年花的了!"

他完全沉浸在梦想里以至于根本说不出其他。那不是拉尔夫喜欢的那种金子,不是那种可以存储、计数和堆放的铸造硬币,而是闪闪发光的浪漫宝藏和财富,不同于小打小闹的温饱富裕,那是具有极大可能性的改变境遇、冒险和成功。他最后同意帮芭芭拉把蜜蜂放在一个合适的箱子里,但仍然谈论着他听到的故事,眼里闪烁着渴望的光芒。

"你有没有听到他说,从密西西比到加利福尼亚,整个平原上只有一条被踏平的小径?想象一下,一条路,唯一的一条路,两千英里长,横穿荒野、越过沙漠、跨过群山,沿途没有城镇、没有房屋、没有人烟,只有一条寂寞的公路——但遥远的尽头满是金子!"

那天,拉尔夫因为工作不尽人意,忙到很晚才回来,回来时又累又烦。他擦着还坐在台阶上的菲利克斯进了门,进屋后扔掉他带回来的一捆文件,走到火炉旁。壁炉架上的小雕盒敞开着,里面空空如也。

"这是什么?"他严厉地问芭芭拉,她站在角落里,手里缠绕着她的围裙,突然发现很难解释。菲利克斯走进来,脸上还带着兴奋之色,急切地要讲讲那个故事。

他开始详细地说着他们听到的故事,因为讲得太投入一直没注意到他哥哥阴沉的脸。平原、群山和闪闪发光流

第八章 苹果树小巷里的小提琴手

入大海的河流——他讲故事的时候脑海中浮现着这些场景，但是拉尔夫的脸色却一直没变。

"所以，"当弟弟停下喘口气时，哥哥打断了他，"就是为了这样的一个谎言，你们浪费了那么多的时间和金钱，然后把我储钱罐里的钱也花光了。你们用这些钱买了——蜜蜂！森林里到处都是蜜蜂，只要想要，任何邻居都会给你们一窝，而你们却花钱去买。你们把我的钱花在了一个谎话连篇的无赖身上来帮助他！"

"我们的钱。"菲利克斯弱弱地提醒，他被哥哥语气里充满的愤怒从梦中惊醒。

"我的，"拉尔夫强调，浑身散发出只有当谈到钱时才会出现的冷酷的愤怒，"难道你忘了？这里所有的一切都是我的，父亲把一切都给我了，你吃的面包和你住的房子都是我的，你知不知道？"

芭芭拉借着火光看到菲利克斯的脸红了又白。除了她，没有人知道这些话会给他造成多么大的伤害，他多么骄傲，他多么爱哥哥，他坚定的独立性瞬间被击垮。他默默地走出房间，根据声音判断应该是爬上楼梯，去房檐底下那个他给自己建的小屋里了。拉尔夫坐在炉火边，不安地嘟哝着："都是在吹牛。"芭芭拉迈着慢腾腾的步子继续摆桌。

没过几分钟，他们意外地看到菲利克斯从阁楼上下来，穿着大衣、戴着帽子，腋下夹着他的小提琴。

"我不会接受任何人的怜悯，即使是我哥哥的。"他沙哑地说，在门口站了一会儿，就走了。

芭芭拉靠在那半扇门上，看见他顺着小路下山穿过苹果树间的小道，迈着沉重的步子缓慢地走向远处的暮色，身影越来越小，直到消失。秋风吹打着橡树，天气已经变凉，她关上门，转身回到屋里。

"他只是下山去镇子里了，明天就能回来。"拉尔夫咆哮着说，但是芭芭拉的心里更清楚。

"他去寻找金子了。"她哭了，坐在炉火旁的凳子上，双手捂住脸，突然流下了眼泪。

他突然地踏上这个陌生的旅程后，一天天、一周周的过去，当他拖着疲惫的脚步一步步艰难行进时，他常常觉得果园上边的草坡和橡树那阴凉的叶子无疑是地球上最绿最美的东西。他的双眼疼痛，眼前没有一丝绿意，只有无边无际的棕黄色草原，蜿蜒穿越草原的一条崎岖不平的灰土路上，一辆辆白顶马车就像在广阔平原上爬行的蚂蚁，蓝色的苍穹上没有一片云，炙热的阳光烘烤着白晃晃的路面。

十月份他从家出来后度过了一段悠闲的时光，坐了一个月慢悠悠的运河船到达了既定旅程的起点密西西比河，之后

第八章 苹果树小巷里的小提琴手

他不得不在那里等到来年开春,因为即使是在1949年淘金热潮中,也鲜少有人敢冒险在冬季去尝试走那条道路。期间,他靠着双手做各种各样的工作来维持生计,白天打零工,晚上拉小提琴伴舞。他穿得很破,不仅瘦了,而且比以前沧桑。他睡在陌生的地方,吃着奇怪的食物,忍受着饥饿和远离家乡的痛苦,但他从没想过回去。他走到哪里都会带着他的小提琴,在这条大河沿岸的几个小镇里,人们都开始习惯找这个年轻的小提琴手,为他们演奏热情的狂欢乐曲。

终于,积雪融化,大雁北飞,荒野中的那条小路又重新显露出来,他毫不费力地找了一队人马依附。艾伯纳·布莱斯是一个瘦弱硬朗的北方人,在中西部生活了多年,曾去过大草原几次,但从没有走完全程,去翻越群山,跨越海洋。他用黑色的长蛇鞭驱赶家畜,知道该在什么时候发出鞭答声传达他的命令,也知道什么时候轻拍走在最外侧家畜的耳朵或身体。跟着他的还有他虚弱但眼神热切的老婆和五岁的孩子,另外就是一些随行人员,帮忙驾驶马车,并提供保护,防止印第安人的侵扰。

一开始,道路上挤满了人,草原上的草又青又高,到处是野草莓、粉色的野玫瑰和草地鹨。但是随着他们缓缓西进,春去夏来,绿油油的草地被烈日烘烤得变成了棕黄色,他们穿过低矮的断崖和树木成荫的水道,进入广阔而炎热的平原。刚进入这个好似没有边际的平原时,他们偶尔还能在道路的左右两边看到一些农舍,附近的一抹清泉和栽种的几棵树木。在菲利克斯看来,前人开荒时留下的这些房子就像他小时候经常玩的诺亚方舟——像摆在空旷草原褐色地板上的玩具小树、玩具小方屋和玩具小动物。即使是那些经常会走到门口看车队经过的、衣着随便的枯瘦女人,看起来也像是经诺亚之手雕刻出来的人。然而,后来即使是这些零星分散的农舍也没有了,他们的眼前除了荒野一无所有。

　　草原上极其炎热,除了头顶上方炽热的太阳,草原上呼啸而过的热风拍打着他们的脸,像火炉爆炸冲出的热浪。正午时候,他们会躲在马车的阴凉处休息很长时间,然后再上路,为了把午休的时间追补回来,他们会一直走到深夜。他们看到过成群的水牛,从后面看,这些笨重迟缓的巨型生物非常可怕,然而等超过之后就会感觉无关紧要。见过修长敏捷的小羚羊,有时在远处地平线上还能看到移动的小点,根据辨认,他们认为肯定是印第安人。但是,似乎是他们的人数足够多、警觉性也足够大,所以那些印第安人并没有袭击他们。

　　一种致命的疲惫感开始侵袭所有人,艾伯纳·布莱斯变得郁郁寡欢、沉默不语,他的妻子看起来又干又瘦、眼窝凹

第八章 苹果树小巷里的小提琴手

陷,队伍中的人群变得易怒,家畜们也都无精打采。之前从这条路上走过的人留下很多受伤的牲畜——马、公牛、奶牛和羊。因此每个车队后边都跟着灰白色的草原巨狼,只要发现有掉队的牲畜就会捕食。

"也只有人类才有走下去的勇气。"艾伯纳·布莱斯对菲利克斯说,"你可能会想马比人强壮,但即使是最强壮的公牛也会放弃行走,躺在路上等死,只有人没有停下脚步。这无关乎体力,只有坚毅的精神,才能引领我们走向旅程的终点。"

菲利克斯最喜欢队伍中的一匹黑色母马,不管是拖着沉重的马车还是披着马鞍慢跑,它总是昂头挺胸,活力四射,精气满满。菲利克斯对它另眼相看。几周后,他们就成了这漫漫长路上友谊坚不可摧的好朋友,所以当这匹小黑母马倒下的时候,菲利克斯害怕到了极点。那天晚上他们扎营的时候,小黑马倒下了,即使是喂它燕麦或珍贵的糖块,它也站不起来。虽然它比其他牲畜勇敢,但支撑她向前的精气神已被严重透支。

"我们得留下她走了。"他们坐在营火旁的时候,艾伯纳·布莱斯沮丧地说。

菲利克斯正零星地往火里填柴火,艾伯纳的妻子安娜·布莱斯坐在一卷毯子上,腿上坐着她的孩子。小男孩因为生病不舒服，正靠着她的肩膀哭泣。

"不要放弃那匹母马。"菲利克斯哀求道，"它休息一两天就会完全恢复，这里有水，溪流旁边也有草。我可以扎营两三天，等它一起走。"

艾伯纳疲倦地摇摇头。

"我们没有时间可以浪费。"他表示，"现在已经八月份了，我们必须在九月中旬之前跨越群山。别说一天，我们甚至连一个小时都浪费不起。"

安娜·布莱斯颤抖着深深地叹了一口气。菲利克斯知道她也很爱这匹小马，有时他会想，她自己肯定也非常疲惫，常常渴望着能像那些疲倦的哑巴牲畜一样无助地躺在路边等死。她以前从没发过牢骚，但是今晚，或许是因为惊恐地想到还有山脉需要跨越，她突然情绪激动地质问：

"艾伯纳，我们为什么不能调头回去？这都是为了什么？那些金子，我们能找到的所有金子，能弥补我们这一路的艰辛吗？我们这才刚走了一半，最糟糕的还在后面。趁着还有时间我们可以回去。我们为什么要继续呢？"

艾伯纳坐在那里盯着燃烧的火焰，伸开他的两只大手放在膝盖上。

"我不知道。"他回答，"我发誓我不知道。驱动我们的不是兴奋，也不是金子，说不上来是什么。我们的国家必须向

第八章 苹果树小巷里的小提琴手

前冲,她必须砥砺前行开拓新的契机,她必须在新的地方扎根。正是因为有我们这样的人存在,她才有了进步,我们自己都不知道为什么。因为一个小小的野心、一点微弱的希望和一次巨大的盲目冲动,我们就出发了,仅此而已。"

他们一动不动地坐着,营火逐渐减弱,变成一堆微弱的炭火。黑暗笼罩着他们,头顶上的天空广阔星辰密布,如同星海。

"我们必须得动身了。"艾伯纳最后说,"在睡觉之前,我们还可以再走几英里。"

所有人都疲倦地站起来,准备继续前进。菲利克斯走到黑马躺的地方,抚摸着它的头和脖子。它嘶嘶叫着,软乎乎的鼻子亲昵地蹭着他的脸颊,却没有要动的意思。他站在那里,深深地思考着,他非常理解艾伯纳为什么要不讲理地执意前进,但是或许因为他只是个男孩,他全然没有那么强烈的愿望。他的脑子里想了很多,但重要的是他认为不能抛弃他深爱的朋友。正当最前面的马车吱扭着慢慢向黑暗中移动时,他下定决心说出了他的想法。

"我想陪着那匹母马。"他说,"只要三天,它就能休息过来,然后我可以立刻追上你们。我们不想失去它。"他试图用那些陈词滥调掩盖内心深处的感情,"马本来就不多,所以我们不能失去它。"

虽然艾伯纳并不情愿,但最终还是同意了。

"等它再站起来后,它会走得很快。"他说,"而且我自己也不想离开它。"

菲利克斯从厨师车上拿了一些干粮,卷起毯子,背上枪,最后想了想,去拿了他的小提琴,他想,晚上的时候可以拉小提琴消遣。

"看见印第安人就举枪。"艾伯纳最后告诫他,"当心水坑里的响尾蛇,如果可以就尽快追上我们。祝你好运。"

当整个车队前进的时候,男孩站在路边,听到车轮在尘土中慢慢滚动,牛马拖着沉重的步子,就像一整列火车在行进。有那么一段时间,他一直可以听到他们的声音,迎着星辰还可以看到马车的车顶。但等车队被茫茫大草原完全淹没后,空旷荒芜的广阔平原上就剩下了他一个人。

第九章　苹果树小巷里的小提琴手（续）

菲利克斯尽心尽力地照顾着这匹小马，喂它青草，但它现在还吃不了，小马只能感激地喝点水。最后，因为实在太困，他点起篝火，准备躺下睡。当他正要闭上睡意朦胧的眼睛时，就看见一个黑影悄悄穿过小河道，听见鹅卵石被柔软脚垫踩踏的声音。他坐起来，看见一头一路上像狗一样明目张胆跟在车队后边的大灰狼。它低下头，眼睛在黑暗中发着光，然后蹲下——等待着。

火势减弱了，因为除了河边灌木丛里的干枯树枝没有其他可烧的，另外菲利克斯也不敢离开小马太长时间去再拾一些干树枝来。更多的灰色身影从远处聚过来，围着篝火站成一圈，这些残忍的野兽知道火就要熄灭了，而且他一个人和一匹马不足以与它们抗衡。对于掉队的人畜，它们知道只要耐心等待就能把它们变成一顿美餐。菲利克斯举起枪，花了很长时间瞄准一双在黑暗中闪着绿光的眼睛，但最后却放下了枪，没有开火。在平坦的草原上，步枪枪声可以传很远，可能会吸引到那些盼着有人掉队的人们，他们可比狼更凶猛更饥饿。当最前排的狼向他稍微靠近时，他拿起小提琴开始弹奏起来。

那些贪婪的长着森森白牙的野兽，因为没听过琴声，在他刚拉动琴弦时就被奇怪的琴声吓得跑开了，虽然后来又偷偷潜回来过，但最终还是不安地走开了。好奇的草原小胖犬鼠从洞穴里爬出来，坐立在洞口，猫头鹰在夜空中盘旋。他拉一个小时又一个小时，但每当他停下来的时候，饥饿的狼群就会围住他，所以他不得不抬起酸痛的胳膊再次拉琴。随着黎明的第一缕曙光升起，天空逐渐放亮，那些夜间活动的生物开始溜走，菲利克斯放下他的小提琴，突然大声笑起来。

"富勒顿奶奶认为我们住在风之丘上不安全。"他说，"我希望她看看现在的我。"

然后他躺下，枕着胳膊马上就睡着了，就像他后来说的那样，"他可能会被一整个部落的印第安人抓住，然后就再

第九章 苹果树小巷里的小提琴手（续）

也动不了了。"

他实际上是被一些马蹄声吵醒的，但幸运的是，不是未钉蹄铁的印第安小矮马。从西边过来的一队壮汉正骑马朝他走过来，他们头发灰白、饱经风霜、疲惫憔悴，菲利克斯以前从未见过他们。

"我们过来的时候在那边见过你们的车队。"领头的人说，"他们让我们路过的时候留心一下你。很高兴看到印第安人还没有抓到你。"

"哦！"菲利克斯惊叫，坐起来揉着他的眼睛，"你们……你们去过加利福尼亚了吗？"

那人点点头，从他的口袋里掏出一个油腻腻的小鹿皮袋，解开绳子，把一些黄色的东西倒到男孩手中。

"见过砂金吗？"他问。

这是菲利克斯第一次看见这些奇怪的扁平金属碎片，它们能在手中发出不同的淡光，所以当你一遍一遍翻转时，经常会看见它们的形状和大小都不尽相同，而且不同的断面会闪出不同的光。

"我们去过，那里有很多这样的东西。"那人说，当看到菲利克斯兴奋的面孔时慢慢笑起来，"我们把它们都留在了那里，留给了你和像你这样的人。"

"你找到你想要的一切了吗？你现在是要回家过优渥

无忧的生活了吗?"男孩询问。

那人笑的更大声了。

"你不了解淘金人,小家伙。"他说,"我们之前一直在美洲河矿区,就是你们现在要去的那个地方,我们发现那个矿区很好,但是我们听说还有一个更好的矿区,就在那个峡谷的南面,更深、更广,虽然很难开采,但矿藏丰富,超乎想象。我们已经在那里立了桩,并留了一个人在那儿看守,现在我们正要回去拿补给和更好的设备。虽然很难开采,但无所谓。那里的金矿让美洲河都黯然失色。"

他在马鞍上转了个身,查看了下那个小河床,里面有很多浅水池,都藏在灌木丛伸出的枝叶下面。黑马已经挣扎着能站起来,正在河边稀疏的草地上吃草。

"年轻人,你自己一个人在这里不安全。"那人观察完后说。"最近有一支印第安人总在附近捣乱。一路过来,我们遇到的每支车队都会提起他们。"

"我不怕,"菲利克斯坚定地回答,"一个男孩和一匹马在这么宽广的草原上不太容易被发现。你们自己就不害怕会遇到印第安人吗?"

"害怕!"另一人大声笑道,"为什么?因为我们正找他们呢,如果被我们发现,他们就要倒霉了。"他冷静下来继续认真地说:"当我们经过的时候,你离开的那个车队的

第九章 苹果树小巷里的小提琴手（续）

女人让我们给你带个信儿。'告诉他，'她对我们说，'那匹马给他了，让他跟你们一起回去。告诉他，上帝保佑他。'她说。如果你喜欢跟我们一起走，我们也欢迎你。"他总结道。

菲利克斯望了望前方漫长的空无一人的小径；抬头看了看探矿者历经艰辛的棕色面孔和他手里那一小堆砂金。

"我不会回去，起码现在不。"他说，"我必须先去看看。"

他们骑着马离开，马脖子上的铃铛发出叮叮当当的声音，他们的枪管和短枪枪把反射着阳光，直到他们消失在远处升腾的热气中，消失在尘土飞扬的小径上。因为气温还会升高，菲利克斯便牵着马走到河道里，因为那里的灌木足够高，可以给马遮阳。他自己则爬到一处水池边的石头下，静静地躺在那里，等待着漫长而又困乏的白天过去。那是正午时分，世界很安静，他甚至都能听到溪水慢吞吞地从一个浅池流到另一个浅池时滤过沙子的声音，突然一个新的声响引起了他的注意，窸窸窣窣的声音里夹杂着缓慢移动的脚步声，堤岸上石头被移开的声音，以及金属碰撞的声音，但是每一个噪音听起来都鬼鬼祟祟和安静，他几乎都不敢相信他听到了。

虽然他不敢动，但透过他旁边的灌木丛树枝偷看了一下,发现一列陌生的马队正从高高的堤岸上经过,是棕色、鹿皮色和杂色的印第安矮马,因为没有钉蹄铁,这些矮马踏过干草地的时候的很轻、很静。每匹马的背上都骑着一个描过妆的红脸骑手,而且每个人都配备有全套的印第安人战备装饰。他们的头上戴着拖到脚踝的灰白色羽毛战帽,脸上用红色和赭色涂抹得非常凶猛。大部分人都拿着粗糙的长矛和弓箭,有一些人还拿着枪。菲利克斯离的非常近,都能看清他们脖子上用野兽爪指和骨骼串成的链子,看见他们红色皮肤上闪着的油光。当他们不使用粗糙的印第安缰绳而是用膝盖的力量控制他们聪明的小马时,还能看到他们健硕大腿上的肌肉活动。他们没有人说话,只有一匹矮马被尘土呛得喷鼻息,而这也是他们经过他时发出的唯一声音,之后他们便转到小径上朝着东面走去。整个队列就像是正午最热时男孩疲累的大脑里闪过的一个幻觉,一个幻象。但是,等那些人走远后,他从藏身的地方爬出来看了看,尘土里清晰的马蹄印让他相信刚才的一切都是真的。

过了很久,他隐约听到从草原远处传来模糊的枪响,持续了一个多小时才平息下来。凉爽的夜幕终于降临,小马经过休息和进食已经明显恢复力气,踏着马蹄小跑到他身旁,跑进水池里撒欢,溅起欢快的水花。前一天晚上来过

第九章 苹果树小巷里的小提琴手（续）

的灰狼没再在附近现身，尽管他警惕地等了两天，那些印第安人也没再返回来。他想到了之前见过的那些老练的随时准备战斗的壮汉，而且从一开始就几乎没有怀疑过这场战斗的结果。

最后，菲利克斯终于骑上黑马再次启程。经过漫长的等待并领教过牛车慢腾腾的速度后，小马踏着轻快的脚步驮着他沿着小道慢跑让他欣喜万分，为了此刻他经历了太多，等得太久，不是一言半语可以说清的。此后，他和他的朋友历经磨难，跋涉穿过了广袤的平原，克服恐惧越过了绵延不绝的沙漠，迎着暴风雪翻过了白雪皑皑的群山。当无穷无尽荒凉阴冷的山坡突然消失后，他们终于迎来了奇妙的一刻，眼前出现了一片宽阔的新大陆，绿意盈盈。从那天开始，仅仅不到一周的时间，菲利克斯就实现了他长久以来的梦想，他兴奋地拿着矿工用的盘子站在没膝的溪流中淘金。他看到湍急的河水冲走砂石，留下泥泞的沙土。之后他将剩在盘底的黑沙土烘干，轻轻一吹，就收获了——他到那时还觉得难以置信，这闪闪发光的金子。

他和艾伯纳都进展不错，虽然每天筋疲力尽，收工后回家睡觉的时候后背疼得厉害，而且住的地方又脏又潮，但到秋末的时候，他们的鹿皮袋子已经慢慢装满了砂金。然而，菲利克斯始终想着他在草原上见到的那个人跟他说的话，南方的山更高，峡谷更深，但金矿也更多。当雨季来临，没有什么活儿可干的时候，他一次次想着这些话。因此，当天气再次转暖后，他收拾行囊，与艾伯纳和安娜道别，说他要继续为他们寻找更大的财富。

翻越群山的旅程异常艰难，只有极少数人成功过。无论是深暗的峡谷、湍急的溪流，还是光滑的花岗岩峭壁，看起来都无法逾越，但菲利克斯还是成功通过重重障碍，进入了崎岖的熊溪荒谷。他立桩圈定出他的区域，支起他的小帐篷，然后走到河里开始淘洗第一盘金。是的，探矿者说的对，在这个荒凉偏远的地方，虽然更艰苦，但回报却非常大，大到难以想象。

目前还没有多少矿工长途跋涉来到这里，菲利克斯帐篷的旁边有一个简陋的棚屋，里面住着的就是第一批来到这里的矿工，菲利克斯划定的区域与他相邻。他是那些第一次告诉菲利克斯有这个地方的人的朋友，因此主动向他这个新人介绍了这里最好的矿坡，让他标定主权，并告诉了他最简单的洗金方法。

"到目前为止，这里还够所有人开采。"他说，"其他人还忙着在美洲河下游那里淘金，但是马上就会不满足，然后蜂拥到这里。到时候，拥挤的人群会因为争夺矿区主权打架斗殴，白刀子进红刀子出，就像你曾在下游看到的那样。但

第九章 苹果树小巷里的小提琴手（续）

是在这里，只要我们能，我们就会和平友好地相处。"

这位老矿工似乎非常喜欢菲利克斯，多次帮助他，给他提供建议。他用松木给自己搭了间小屋，屋顶盖着树皮，因为比帐篷坚固，当山里有暴风雨的时候，这间小屋能更好地挡风遮雨。一天晚上，外边雨水泛滥，山谷里狂风呼啸，菲利克斯和他一起坐在屋里简陋的石炉前，矿工在火上堆起高高的木材，随着时间的流逝，向他讲述了一个又一个关于开荒者在野外探险的故事，有绝命逃亡、惊险的犯罪以及果断残忍的正义。最后，他沉默了一会儿，好像是讲完了。

"是的，这里的矿藏很丰富。"他最后说，回到他们一开始时谈论的话题，"但是，远处某个地方的金子甚至比这里还要多。我认识的一个人，他是一个探矿者，曾跟我讲过一个奇怪的故事。他被印第安人俘虏，他们带着他往南走，当翻过群山走到沙漠边缘的时候，他逃了出来，但试着回去的时候却迷了路，在那里游荡了好几天，差点渴死，身上被仙人掌刺得遍体鳞伤，脑子被可怕的热浪烤得迷迷糊糊，近乎发狂。他走到一座小山底下，因为太虚弱爬不上去，便躺在那里等死。但是，一场雨落下来，他整晚都躺在雨里，他旁边有一个岩石坑，里面蓄满了雨水，他就从那里喝水。他说，有响尾蛇和蜥蜴爬到岩石上和他一起喝水，但他根本顾不上那些了。次日清晨，他的脑子清醒后，便抬头向山上查看，发现了一个你都想象不到的金矿露在地面，那是一个露天边坡，上边的含金石英一览无遗，不需要任何工具，徒手就能捡出来。他拿了一些，但没拿多少，因为金子对于一个极其虚弱的人来说太沉了。他不停向前走，又迷了路差点死掉，但最终还是活着回来了。他躺在一个墨西哥人的家里，连续烧了几周，一直胡言乱语，但最后还是康复了。之后，他曾试着回去找那座矿山，却一直没找到。"

菲利克斯急切地听着，甚至当男人停顿时也未曾打断或提问。矿工低沉的声音陡然提升，显然他讲个故事是带着目的的。

"我一直打算将来等我找到一个可以信任的不畏艰难险阻的伙伴，我就亲自去找找那座金矿。虽然旅途将会异常艰辛坎坷，但我相信差不多已经知道矿山在哪里。你会一起吗，孩子？你会来吗？"

菲利克斯站起来，走到小方窗跟前向外看。他的声音里充满了激动，但并没有马上回复。

"暴风雨已经停了。"他说，"我得回我自己的帐篷里了。我……我会考虑下你说的，然后明天早上答复你。"

他走出木屋，走进漆黑潮湿的夜晚，用一只手摸索着木门栓关上了门。

老矿工肯定没睡多久，因为天刚蒙蒙亮，他就穿过泥

第九章 苹果树小巷里的小提琴手（续）

泞的山坡，去帐篷里找菲利克斯了。跟他一样，男孩起的也很早，当着他的面收拾了行李，并把它们塞进行李包里。

"你要去？"男人高兴地喊，但是菲利克斯摇了摇头。

"我要回去。"他说，除此之外，他什么也没跟他说。

他不知道该怎么解释，经过一夜的思考，他意识到寻找黄金的狂热总是超过得到黄金的狂热，所以人们总是渴望着向前冲，不断放弃自己拥有的，继续探寻那些似乎遥不可及的，让人神魂颠倒的新发现。但是随着岁月流逝，喜欢冒险是一回事，将一生都花费在一个单一自私的欲望上又是另一回事。菲利克斯内心的理智告诉他是时候回头了，但他无法用言语表达出来让另一个人明白。那个老矿工很久之前就已经深陷到这个梦想中了，他总是要不停地追求更富足更美好，找到之后又经常丢掉，然后在一些金灿灿未来的诱惑下继续前进，直到他最后消失在深山中或沙漠里，再也无法回来。

"我会把我在这里的权利转给艾伯纳·布莱斯。"菲利克斯说，"这会让他发财，让他的妻子高兴，而你最好留在这里和他一起，因为我要回家了。"

"我不能留下来。"矿工似乎也理解了，但跟男孩一样也是说得非常简洁含糊，"我得像其他人一样一直前进——前进。"

他转身离开，穿过被雨水打湿的野花和绿色灌木，走回他的小木屋。谁能想到，不管是在深夜中悔恨时，还是心中充满金色的希望时，菲利克斯眼前闪过的都是他在山顶小屋生活的图像，那记忆如此清晰，历历在目。梅德福谷现在应该到处开满了苹果花，窗外的橡树正在风中窃窃私语。此时此刻，他身处几千英里之外，那场与他唯一的哥哥发生的争吵突然看起来如此渺小和微不足道。

拉尔夫经常说，蜀葵长得太多了，应该连根拔掉，但芭芭拉总是求情，最终保住了它们的性命。这些蜀葵已经从门口一直蔓延到山下，形成了一大片色彩艳丽的花海。黄黄的蜜蜂一整天都嗡嗡忙碌着，从粉色花朵飞到白色花朵里，然后再从白色花朵飞到黄色花朵里。午后的太阳照在它们身后，赋予了它们无与伦比的荣光。果园小巷两旁的果树已经开始长高，当菲利克斯缓慢穿过小巷的时候，芭芭拉正在花园里摘香豌豆，并把摘下的豆子都放到她围裙里，拉尔夫正静静地站在她旁边，看着花间穿梭的蜜蜂。女孩已经有十几次从他的思想里读到相同的想法，那就是他愿意用十年的生命收回他说的那些话，他的弟弟因为这些话离家出走给他一个惨痛的教训。突然，芭芭拉高兴地叫了一声，她的声音如此之高，蜜蜂甚至都哼哼着飞到了低

第九章 苹果树小巷里的小提琴手（续）

处，而行动缓慢的克洛伊老人也匆匆赶到门口。当这位老妇人看见是谁在风尘仆仆地上山后，她微笑着，泪水顺着她布满皱纹的脸流淌下来。

一个小时之后，暮色降临，菲利克斯坐在门阶上，开始拉小提琴，他大声说："终于回来了，真是好运。"

他不知疲倦地讲述着他的冒险经历，而妹妹和哥哥则不厌其烦地倾听着。在那个心惊动魄的时刻，拉尔夫·布莱顿丢掉了他对金钱的痴迷，认同地点点头，认为菲利克斯决定放弃寻找黄金是明智的。芭芭拉对那个沙漠中迷路人的故事充满敬畏之心，他曾亲眼所见的巨大财富却永远失之交臂。

哪里有金矿，哪里就会有这样超乎人们想象的巨大财富的传奇故事。在这些撩人的关于错失宝藏的故事中，不管财富多么让人眼花缭乱，结果不是因为地处太远而无法得到，就是虽然就在下一座山上，但像彩虹的尽头一样难以到达。但是，正如艾伯纳·布莱斯说的，这正是一个国家发展的动力，如果人们停止追逐彩虹，那么世界就会停滞不动。

第十章　稻草人

降雨已经消散,正沿着山谷中离开,太阳透过灰色的雨雾慢慢洒出阳光。奥利弗站起来,平静地说:"我们得走了,有件事我们得去处理下。走吧,珍妮特。"

她起身和他一起走了,但下山的时候却拖沓着脚步,几次望眼欲穿地回头,希望那个故事永远不要讲完,这样她就不用等故事结束后去面对安东尼·克劳福德了。

他们上了车,穿过曲折的巷道和小路,往要去的房子那里驶去。期间,他们都没有跟对方说过话,奥利弗一路上都盘算着,当他们交还画像的时候,他应该怎么说。"我妹妹不小心拿走了这幅画,我们觉得应该把它尽快还给你。"

第十章 稻草人

"然后,他会说一些尖酸刻薄的话,让我不知道如何回答。"他思索着,"我会说,反正我肯定这画也不是他的,所以被珍妮特拿走也没什么,何况是被不小心拿走的。但这会不会引起更大的麻烦?好吧,我也可以只解释下,然后我们就尽快离开。"

珍妮特沮丧地坐在旁边,心里可能不像奥利弗那么痛苦煎熬。因为画像将由奥利弗来还,而且奥利弗是一个可以信赖的人,可以做得比她好很多。她并没有想应该说些什么,只是急着想把事情赶紧处理完。

他们把车停在巷子里,然后一起朝着松垮的大门走去。他们看到有一个人正从巷子的那头走过来,走近后,认出是约翰·梅西。他那被太阳晒得黝黑的面孔看起来有些苍白,没有了往日熟悉的亲切友好与和蔼可亲,取而代之是满脸的怒火和绝望。

"佩顿先生给我送了钱,让我结算租金。"他告诉他们,"我来这儿就是为了付钱,并安排一下离开的事情。克劳福德想让我等到月初,但我今天就会走。本来农场里用的工具和机器都应该由老板提供,但他从没有提供过,所以我就自己出钱买了一些我能买得起的,而现在他居然说那些都是他的。他想知道,当所有人都知道那是他的地盘,我如何能证明那些器具是我买的。当我说,他这样做会彻底毁掉我时，他还嘲笑我，说既然有人得到，那肯定就得有人失去。我发誓，他身上肯定有魔鬼。"

他回头看了看树林中的房子，紧握着一双大手，愤怒无助地喃喃自语。

"他就站在那里，咧着嘴笑，竟然猜到了我的想法，因为他说，'你可以打我，但你捞不到什么好处，因为我会通过法律手段回击你，而这会让你付出更大的代价，你这么干不值得，约翰·梅西。'我自己也知道这是真的，所以我放下手，没有揍他，然后就出来了。"

珍妮特和奥利弗同情地看着他，心里清楚，他们也帮不了什么。

"去车上等着我们。"奥利弗最后说，"等我们处理完这里的事情，就送你回家。"

"你们不会想要待太久的，"约翰·梅西悻悻地说，"他可是出了名的坏脾气。"

他们穿过大门时珍妮特的脚步比以往任何时候迈的都要慢。无法想象一个人竟然可以毫发无损地给别人造成如此大的痛苦。他们刚走到路上就看见他了。他正在一个疏于管理的田地里割草，正好割到了中间靠近稻草人的地方。看见他们后，他并没有动，而是站在那里，等着他们过去，显然是在思考他应该说些什么来最大限度地伤害并激怒

第十章 稻草人

他们。他们刚走近他就开始说话了,没有给奥利弗机会让他说出他之前想好的开场白。

"所以,贾斯珀·佩顿派你们其中一个来偷走我的画,但是自己又没有勇气,又让你们两个一起来还画。聪明,他真是太聪明了!"

"他对此事一无所知。"珍妮特的第一句话就很激动,奥利弗拍了下她的肩膀,让她平静。

"他知道,"他冷静地提醒她,"他就是要让你生气。"

他从安东尼·克劳福德的眼神里捕捉到一股阴郁的愤怒,并注意到他语气里有惊讶和恼怒。

"好,"他突然换了话题,"那我是不是可以拿回我的财产了?"

"你可以拿回去,只要你说是你的东西,我们不会留着。"奥利弗回答。

他心中涌起巨大的怒火,却努力压了下去。奥利弗突然意识到,这个给他舅舅贾斯珀造成刻骨伤害并毁掉约翰·梅西的人,却拿他和珍妮特没有办法。刚走进大门的时候,奥利弗的内心是恐惧的,他之前还一直担心,不知道安东尼·克劳福德会做什么样可怕的事,但现在,他看着他,突然醒悟,发现他什么都不是,只不过是一个心胸狭隘、自私、满腔恶意的人,并不能把他们怎么样。

"如果我能像他那么镇定,他从我这里就永远不能讨到好处。"男孩想,拼命与他心中升起的怒气做着斗争。

"也许你们会愿意让我确立下我的物权。"克劳福德说,"或许你们愿意把这幅画呈到法庭上,说说你的妹妹是如何被人发现在翻找我的东西,如何就那么巧,纯属意外地挑选出我家里最方便携带的最有价值的物件,然后拿走的。我可以肯定她也愿意能有个机会当着大庭广众的面,详尽地把所有的事情都说明清白一下。"

奥利弗听到珍妮特惊恐地喘息声,但他还是非常努力地保持着他的镇定。

"我们不怕你。"他表明态度,直视着对方那狡猾的眯眯眼,"我和你差不多高,可以在这块泥泞的湿地里把你揍得满地找牙,但是那样就顺了你的意,让你抓住了我的把柄,好采用法律手段对付我。不管你怎么装,你其实并不能给我们造成什么实质性的伤害。我不相信你有什么本事能兑现你对贾斯珀舅舅的威胁,我觉得你自己都不相信你说的话。你只是在虚张声势,就像这个稻草人。你什么都不是,就是一个满肚子坏水的草包!"

奥利弗抓住稻草人的肩膀,摇晃着发泄他的愤怒,直到把看起来与那人相似的那捆无助的破布烂草晃碎,倒在

第十章 稻草人

他的脚底下。他把那副微缩肖像画扔在那堆破布烂草上，然后领着珍妮特穿过田地离开。安东尼·克劳福德只是站在那里看着他，一句话也没说。当奥利弗走到路上时，他意识到约翰·梅西正靠在门上，半惊半喜地咧着嘴笑。当他们出门走进小巷上车后，天空又开始下起了雨。

整个下午都在下雨，但到傍晚时就停了，非常及时，所以珍妮特说："是为了不让布朗太太紧张。"奥利弗不太明白，为什么心宽体胖的布朗太太会因为下雨紧张，因为他已经忘了贾斯珀舅舅房子里的所有成员都盼着明天能出门参加在隔壁村举行的庆祝活动。这是一场豪华版的乡村集会，按照习俗，农夫、夏季游客和大庄园里的人都会参加。在这场盛大的活动中，会有展览、巡回演出、卖花生和柠檬水的摊位、赛车比赛和马秀——能满足所有人的品味。这一天，贾斯珀舅舅会依照惯例给所有的仆人放假庆祝节日，但是通常厨师会等着提供一顿早午餐，而布朗太太则会比其他人提前回来准备一顿迟到的晚餐。虽然贾斯珀舅舅是雷打不动地不会去参加任何这样的盛会，但和他共处在一个屋檐下的其他人都在翘首期盼夏季这一天的到来。所有的一切都已精心准备妥当，现在唯一要考虑的就是天气，如果想要成功举办一个这样的盛会，似乎必须要有一个适合马戏团表演、集会和仲夏节庆的好天气。

在布朗太太的鼓动下,珍妮特打算一起去,而奥利弗一直也挺期待。

"我想知道养蜂人和波莉会不会去。"他想,接着继续猜测,养蜂人穿上适合这种场合的稍微现代点的衣服会是什么样子。"我可能都会认不出来他。"他思索着。

到这一天的时候,晴空万里、天气炎热,正是大家所期盼的样子。然而,奥利弗却突然宣布他不去了。

"当贾斯珀舅舅如此焦虑的时候,我不想留他独自一个人,"他对珍妮特说,但是没能解释他为什么不安,"反正我也不太想去。"珍妮特建议她也留下来,但他没让。

从一大早开始,路上就不停驶过一辆辆的汽车,里面坐满了穿法兰绒的人、度假的人,或者载满了农夫及妻子和孩子。珍妮特和布朗太太,一个穿着活泼的白色棉织裙,一个穿着沉闷的棕色平纹衣服,上午十点出发。到下午一点的时候,这座大房子里的人已经走光,只剩下奥利弗和贾斯珀舅舅。

一个小时接着一小时,这个下午似乎很静很长。奥利弗溜达到大门口,站着朝路上望了望,汽车队伍的行进早已结束,所以白晃晃的路上空荡荡的,一直延伸到远处的峡谷里。但是,当他站在那里,懒洋洋地盯着外面的热寂时,他想他看见一辆破旧的小车,从远处的拐弯处转弯后,正慢慢朝他走来。但是,当马车走近到他可以认出那匹老白马时,赶车人突然停车,急忙在路上掉转头,慌乱地朝着来的方向离开。他是因为看到男孩在敞开的大门口站着,才决定不来的吗?奥利弗不太相信是因为这个。

一个小时后,当他回到家时,看见一个衣衫褴褛、穿着褪色工作裤的赤脚年轻人,正慢吞吞地走在车道上。他交给奥利弗一封收件人为贾斯珀舅舅的信,说这是"克劳福德先生让送来的,他说一定要得到答复。"

奥利弗把信拿到书房,站在那里,等着贾斯珀舅舅读信并回复,眼睛看着窗外。节日里的明亮似乎不知不觉暗淡了;太阳依旧照耀着,但却发出一种虚幻的绿光。

"希望不要有什么事。"他想。他的沉思被身后屋里发出的声音打断,贾斯珀舅舅正在狠狠地把信撕碎。

"安东尼说这是他的最后通牒。"他尝试着想要笑一笑却没有成功,"告诉那个男孩,没有回复。"

奥利弗转达后,那个送信的人似乎不愿意相信这样的结果。

"他说我必须得到一个答复,否则就不要回去。"他坚持着。

那天,在美德福谷里的居民好像都不在的情况下,安东尼·克劳福德应该无法找到人帮他送信,但神奇的是,他不仅找到了这个人,而且还让这个人认为必须做好他交代的差事。最后,奥利弗给了他一个硬币,然后从餐厅里给他拿了一个大苹果,这个寒酸的年轻人才决定离开。

"他说,如果得不到答复的话,我就不要回去了。所以,既然没有得到答复,那我也没有必要回去了。"他似乎发现他解决难题的办法非常不错,所以就愉快地吹着口哨,大步走了。

不管安东尼·克劳福德在信里提了什么,但都好像异乎寻常地令贾斯珀舅舅烦恼。显然,他已经决定不去理会所谓的最后通牒,但似乎脑子里也无法再思考其他事情。他似乎不愿意独处,但又很难与人相处,因为他坐立不安而又不愿意说话,每当奥利弗努力试着说一些高兴的事情时,他完全心不在焉。最后,他们去了花园,想看看花开的怎么样。阳光似乎比以前更不真实,突然,一阵一阵的风开始晃动树木。他们检查完花后就往房子里走,当穿过草坪时,刚走了一半,太阳突然消失,狂风乍起,还没等他们走到台阶上,暴雨就下来了,浇到他们身上。

这不是一场普通的雷雨,而是偶尔会缓解炎炎夏日热浪的暴风雨。奥利弗匆忙关上窗户,从里面看到树木正无助地猛烈摇动着,当一个个大树枝被吹断砸到地面上时,听到它们呻吟着发出噼啪咔嚓的声音。虽然肆虐的狂风只

第十章 稻草人

持续了几分钟,但狂风过后花园里满地狼藉。花圃里的百合花被浇得湿漉漉且无精打采,光滑的草坪上全是树枝和断枝,有六棵树被从中间劈开,还有一棵巨大的箭杆杨被连根拔起,根上带起一大堆泥土,横倒在车道上。

奥利弗看了看表,已经六点半,但是一直到七点甚至是八点都没有人回来。贾斯珀舅舅开始越来越不安,每一根神经都紧张地绷起来了,而奥利弗则又急又饿。他看见舅舅把信件的所有碎片都搜集起来,拼到一起重新阅读,之后又扬到一边。男孩在冷冷清清的大房子里漫无目的地游荡着,希望这痛苦的一天赶紧过去,希望珍妮特和布朗太太赶紧回来。外面天已经黑了,但还是没有人回来,过了很长时间,电话铃声响了。

是布朗太太,她说话的声音很紧张,好像是从很远的地方传来的,也听不大清楚。是的,她和珍妮特小姐都很安全,下暴雨的时候,她们一直都有地方躲雨,但是狂风造成了很大的破坏,铁路和公路都被封闭了。她担心她们一时半会儿回不了家。

"奥利弗先生,你能否下楼去趟厨房,给可怜的佩顿先生泡杯茶,并给他拿一些吐司?让他等到这么晚才吃晚餐真是太糟糕了。茶就放在右手边的橱柜里,黄油……"

她打来的电话被糟糕的信号中断,而奥利弗则被她的建议惊得站在电话旁。"下楼去趟厨房。"就是这个,尤其是当他甚至都还不知道怎么去厨房。而且,还要泡杯茶!这似乎是一项不可能完成的任务。

透过长长的房间,他看到贾斯珀舅舅正坐在远处书房的书桌前,可能是认为别人看不到他,突然举双手抱住低下的头。

"不能这样。"奥利弗果断地想,"必须找个人帮他,这个人还得了解这件不幸的事情。他之前说起过汤姆舅舅,就是那个埃莉诺的父亲。我想不到其他人了,我得叫他来。"

如果他能找到养蜂人就好了!他甚至查阅了电话簿,想找找名录里有没有带马歇尔的,但没有找到。而且,他也一直不知道养蜂人和波莉住在哪里。是的,汤姆舅舅是他唯一的选择。

他费了好大劲儿才打通电话,一接通就要找布莱顿先生。

"布莱顿先生正在吃晚饭,"训练有素的仆人熟练地回绝,"不能打扰他。"

"但是,这件事非常重要。"奥利弗继续说。"我敢肯定如果他知道……"

"我接到的指令是,他不希望被打扰。"仆人不为所动,礼貌地回绝。然而,男孩已经被气得冒烟。

第十章 稻草人

"那么告诉他。"奥利弗直接说,"他的表弟贾斯珀·佩顿先生,现在遇到了很大的麻烦,需要在他认为方便时尽快……尽快见到他。"

他的声音因为愤怒而颤抖,没等回复"砰"地一声就挂了电话。

"毕竟找他也没用。"他沮丧地想。他以前从未受过这种气,而且他也没想到,一个人居然能如此讲究繁文缛节,弄得自己甚至都无法得到别人的求助。"也就是埃莉诺表妹的父亲才会这样。"他憎恶地总结,"找他帮忙,我也是蠢到家了。如果换做是养蜂人……"

他感觉这座房子从没像今天晚上这么巨大,或像今晚这么安静。他从一个转门走出去,试着去找厨房。他摸索着穿过一个通道时,感觉里面应该会有电动按钮,但没找到,他摸黑走着,因为不熟悉,头不是撞到门就是柜子,还在配餐室碰倒东西,弄出巨大的声响,让人毛骨悚然。最后,他终于找到了厨房的门和开关,他打开灯,站在又亮又宽敞的厨房里,无助地看着那些复杂的厨具,虽然干净、明亮、齐全,但对他毫无用处。

"这就不是男孩该来的地方。"他烦躁地喊,他的手被抽屉挤了,洒了水,在煤气炉上点火的时候,火苗窜起来差点烫到他的脸,然后又熄灭了。他手忙脚乱地鼓捣了十五分钟，终于听到水壶里放着茶叶的水烧开了，他倒了满满一杯，绝望地看着自己煮出来的像毒酒一样的东西。

"我希望布朗太太能回来就好了。"他叹息道，"现在看到任何女人、任何女孩，甚至是埃莉诺表妹，我都会高兴。"

因为厨房里不透风，很热，他之前打开了窗户。突然，他听到外面有一辆汽车正驶上车道。他飞快地穿过漆黑的通道，跑到前门，激动地开了门。车轮压着车道上的石子发出嘎吱嘎吱的声音，然后轰鸣着的引擎突然熄火。不是布朗太太和珍妮特，他听到了说话声，但听出不是她们。那辆车停在被风刮倒的树前，车上的人下车正从草坪上绕道走过来——有两个人，一个男人的声音和一个女孩的声音。显然，汤姆舅舅到底还是吃完晚餐才过来，而且还带来了埃莉诺表妹。

"好吧，即使是她，我也很高兴见到。"他绝望地想。

两个人走近了，一个穿着白色法兰绒的男人，但因为来的匆忙没有带帽子，另一个是同样穿着白色衣服的女孩。他们走路的姿态和说话的声音都有些熟悉。但是，当两人从黑暗中走出来，迈上台阶时，奥利弗却扶门傻傻地站着，茫然地眨着眼睛，一句话也没说——正是养蜂人和波莉。

第十一章　三个表兄弟

"天呐,奥利弗,你是想说你真的不知道吗?我和波莉,我们经常会讨论,想知道你是不是已经开始怀疑我们了。珍妮特有怀疑过,然后我们今天下午也在集会上见过她,所以她已经知道我们是谁了。这是埃莉诺·马歇尔·布莱顿小姐,小名叫波莉,现在我把她介绍你认识。怪我之前没想明白,否则我就不用这么突然地把这件事告诉你了。"

汤姆舅舅半带歉意地向他解释着,然而奥利弗还是目瞪口待地靠着门柱子,基本上没听见他在说什么。养蜂人有一些不同寻常的秘密,这他当然一直都知道,但是至于他到底是谁,他却从来没有想过。这是他的表妹埃莉诺,他曾断定她是那种讨厌的拘谨无趣的人,所以一直害怕见她。然而,跟他想的完全不一样,她非常活泼,而正是因为她的活泼才使他没有猜到真相。但是,如果汤姆舅舅就是养蜂人的话,那么他就可以解决所有的事情了。而且此时此刻更让人激动的是——波莉会做饭。

"哦,请去厨房帮贾斯珀舅舅弄些东西吃吧。"他恳求地说,"他肯定非常饿了,现在已经八点半,他是中午十二点吃的午饭。"

他快速向汤姆·布莱顿说了那天发生的一切——包括信件、贾斯珀舅舅更加不安的情绪以及他最终绝望地认为他应该寻求帮助。

"可怜的奥利弗,你这是过了多么糟的一天,而我们其他人却都在集会上玩!"汤姆舅舅说,"我和波莉恰巧在暴风雨之前回了家,所以你才能找到我们,我们一收到你的信息就马上赶来了。"

"而且他自己饿着呢。"波莉说,"他也没吃东西,比贾斯珀叔叔强不到哪儿去。"

他惊奇地看着波莉迅速收拾好他留下的烂摊子,熟练地点燃煤气炉,用打蛋器灵巧地打鸡蛋。这个苗条、热情、害羞的波莉,长着一头棕色的卷发,鼻子上长着雀斑的波莉,就是那个埃莉诺·布莱顿。奥利弗软绵绵地坐在厨房

第十一章 三个表兄弟

的一个椅子上,重新思考这里的奇妙之处。

"第一天的时候,我自己也不知道你是谁。"她说,"但是爸爸马上就猜到了,甚至还怀疑你当时正打算要离家出走。珍妮特今天下午跟我们都说了,贾斯珀叔叔怎么能犯下这样的错误,居然认为他可以逼你去见一个你不确定自己是否喜欢的女孩。要是我爸爸逼我去见你的话,我也会这么做,只不过我爸爸很明智,不会做这样的事情。"

但奥利弗只是摇摇自己的头,惊讶于自己一直没猜到。

后来,贾斯珀舅舅和奥利弗尽情享用了波莉做的晚餐,之后他们围坐在大书房的桌子边,汤姆舅舅打开从车里带进来的一个旧箱子。

"我是一名家庭律师,"他向奥利弗解释,"是的,养蜜蜂只是一项爱好,我真正的业务是法律,我有关于此事的大部分的记录。从一开始我就已经彻底调查了安东尼的要求,并准备好与他争夺他所要求的每一寸土地。"

他开始从箱子里往外拿文件,有一卷一卷的法律文书,写于一个世纪以前的已经破边的潦草书信和年久变色的地契,其中大部分文件上盖着红色的大印,一大堆发霉的文件记录,内容肯定应该非常枯燥。

当他把这些文件铺在桌上时,门悄悄开了,珍妮特溜了进来。她向他们保证说，她已经吃过晚餐，也没有被雨淋湿，但是布朗太太一直非常担心，生怕贾斯珀舅舅没有被照顾好，但是现在一切都好了。她请求要听听，这是又要讲其他故事了吗？

"不是，还是我在风之丘那边一直跟你们说的故事。"汤姆·布莱顿回答，"虽然现在你们已经看到了故事的来源，但这里有上百个类似的故事，关于你们的祖先及梅德福谷里土地的历史，它们都被尘封在这些落满灰尘的文件里了。根据记录，这个故事能一直追溯到我们的曾祖父第一次从印第安人纳苏拉那里买地的时候。让我常常感到欣慰的是，只有具备足够聪明头脑的棕色人，和享有足够信誉的白人，才能达成像这样合算的交易。这个山谷并不是用一把枪、一瓶劣质的酒和一把珠子换来的，而是经过讨价还价之后，用这片荒地的真实价值买来的。看，这就是纳苏拉的名字，是他照葫芦画瓢签上去的，而那个印第安见证人只是做了一个标记。我们家族第一个来到新世界的人叫马修·哈洛韦尔，这是他的签名。"

"哈洛韦尔？"奥利弗重复，"你曾在故事里说哈洛韦尔兄弟因为'女猎人'产生了争议，他是那个哈洛韦尔家族的人吗？"

"是的，"他回答，"他是哈洛韦尔家族开启活力的起

第十一章 三个表兄弟

点,他刚来的时候就生活在梅德福谷里和附近,后来搬到了港口城镇,并在那里建造了他的第一艘船,开始参与海外贸易。在美国革命和1812年战争期间,美国船及其所有者一直是海上的霸主,他们是在那期间借机发展成了巨商,建立了哈洛韦尔帝国。但是,鲁斌·哈洛韦尔死后,哈洛韦尔家族就没落了。他的儿子艾伦热爱航海,不喜欢做生意;而他的女儿西赛莉则嫁给了一家小公司的初级合伙人,叫霍华德·布莱顿。霍华德·布莱顿认为,他的儿子们和女儿最好能住在梅德福谷的土地上。那片土地曾属于他妻子西赛莉,后来西赛莉转给了他。西赛莉的孩子是拉尔夫、菲利克斯、芭芭拉。

"他们怎么能听过,汤姆?"贾斯珀舅舅问,养蜂人笑了笑。

"我一直在慢慢向他们灌输家族历史,因为我知道,他们有一天也必须了解这件事情的始末,但是真相太多了,无法一下子全部跟他们讲清楚。我们现在已经讲到这个故事的最新部分。"他转过头面对他的年轻听众们继续说,"就是三个表兄弟贾斯珀·佩顿、安东尼·克劳福德和汤姆·布莱顿过去一起长大的日子。"

"我和贾斯珀是嫡亲表兄弟,因为我的父亲是拉尔夫·布莱顿,贾斯珀的母亲是那个小妹妹芭芭拉。我跟你们讲我父亲犯下了严重的错误以及他与弟弟的争吵时,很坦然,并没有什么不情愿,因为我父亲也经常提起,说那是他一生中最有价值的一个教训。菲利克斯没有结婚,因为他热心于果园和蜜蜂,后来似乎满脑子想的就是在大片大片的土地上耕种。于是他开垦了谷里的湿地和荒地。因为他说'我们离开沿海地区,扔下家乡的大片土地,不断西移,寻找容易开垦的新土地,这是不对的。即使对一个新建的国家来说,这个政策也会造成很大的浪费。'那是他在漫长的西行及回程旅途中领悟到的一件事。"

"但我还是没明白安东尼·克劳福德。"奥利弗插话,"我还完全没听到他的来历。"

"虽然他叫我们表哥,但其实关系比较远,因为他是马丁·哈洛韦尔的孙子,就是那个因为'女猎人'与他的搭档鲁斌闹翻的马丁。他以前经常来梅福德谷住,因为他的双亲过世后,菲利克斯·布莱顿就成了他的监护人。我的姑姑芭芭拉,也就是贾斯珀的母亲,因为丈夫去世的早,就跟她的哥哥菲利克斯一起住到了那个黄石房子里。那个房子是哈洛韦尔家族的先人在一百多年前建的,后来传到了菲利克斯手里。我们所有人都非常喜欢那个地方,曾在那里度过了非常愉快的一段时间,因为我跟安东尼一样,也经常去那个宽大的充满爱的地方住。贾斯珀的母亲对我们这三个活泼好动

第十一章 三个表兄弟

的孩子非常温和有耐心,而充满智慧的菲利克斯·布莱顿也对我们一直很友好!他为我们,我和贾斯珀做了很多,而且他想,如果他能的话,把安东尼抚养成一个正直的人。"

"他跟我们两个不一样,当我们还是孩子的时候就看出来了。他比我们反应快,也比我们聪明,而且他能更好地,或者至少是能更明智地谨言慎行,并控制自己的情绪。他最大的缺点就是见不得别人手里有东西,总是本能地想占为己有。我曾见过他为了得到他其实不想要的东西而上天入地,仅仅因为觉得别人的东西就是好。只要是他想要的东西,他就一定要得到,在这方面没有人能比他聪明。"

"菲利克斯·布莱顿后来非常成功,但他从未搬离过那个舒适的农舍,我们都太喜欢那个地方了。在他的打理下,那座房子被改造的非常漂亮,里面到处都是他搜集的奇珍异宝。他尤其喜欢画作,因此房子柔和的旧墙上挂满了他收藏或继承的肖像画和风景画,那些画都闪耀着宝石般的光彩。当我们还是孩子的时候,他给了我们无比的关爱,而当我们长大都想成为律师后,他把我们三个人组建成搭档:佩顿、克劳福德&布莱顿。我们很重视法律书籍、渊博的学识、新标注的符号等等。即使是我们学习的时候,安东尼也明显是我们之中最聪明的,他的学习方式古怪且多变。"

"然后,如同往常一样,历史重演了。就像一百年前的那场合作关系终结时一样,马丁·哈洛韦尔的孙子和鲁斌的两个曾孙因为一个有问题的企业闹翻。我还清楚地记得,那天他匆匆走进我们的办公室,信心满满地跟我们说他的伟大计划——其实就是利用法律中的模棱两可解决事情。他解释说这个计划会让我们所有人都发家致富。跟你们说他错综复杂的想法也没用;钻法律空子有时会让正直的年轻律师遭受无妄之灾。法律工作能够去伪存真;会让一个正直的人对自己的信用更加确定和骄傲;同时也能探查出恶人灵魂中的渺小和脆弱。"

"安东尼试图把他的计划说的相当简单直接,但是我还记得他是如何紧张地看着我们,然后在我们提出反对后,他在嘲笑时却因为激动而发出了尖锐的假声。我还想和他争论、解释,试图劝阻他,但贾斯珀却觉得我是在浪费时间和精力,没做任何劝阻。他心中燃起熊熊的正义感,一股脑飞快地蹦出很多话,语气里充满轻蔑和愤怒。安东尼听完后,什么都没说,转身走了出去。我们伙伴关系就此终结。之后,我们听说,他在告诉我们那个计划之前,就已经牵涉到其中了,并为此背了一笔债,为了还债——不要畏缩,贾斯珀,这些孩子们必须知道真相——为了还债,他伪造了菲利克斯·布莱顿的签名。"

"突然摧毁你对一个热爱且信任的人的信心时,是一

第十一章 三个表兄弟

个极其可怕的事情。安东尼现在已经变了很多，虽然他还有一些以前的魅力，但是你们也不会想到他曾是我们生活中最亲密的人，是我们钦佩的聪明的伙伴，我们从未怀疑过他的正直。但是，之后他突然就成了我们生命里的污点。为了掩盖他做下的错事，他躲去了西部的某个地方，消失了，我们感觉以后再也不会见到他了。时间一年年流逝，贾斯珀的母亲和菲利克斯叔叔先后离开了我们。他把河西边的地给了我，因为那时我已经是风之丘上小屋和蜜蜂的主人，就是他教会了我怎么养护蜜蜂。他把那座我们所有人都喜欢的黄石房屋，及他的私人财产，就是房子里的所有珍宝，给了贾斯珀。另外，他把河畔干涸的农场地也给了他，是一种可以作为职业的遗产。因为他看出贾斯珀不喜欢法律，所以对他来说最好的职业就是照料这些土地。多年过去了，我工作的所在地已从一个海港镇发展成了城市，我越来越专注于我的工作，节假日的时候就照料下蜜蜂，与贾斯珀并不常见，因为他也很忙。然后，安东尼就回来了。"

"无论他在消失的那段时间里做了什么，我们都无从知晓。他的变化很大，除了那股子聪明劲儿，对他小时候愉快生活过的地方存有一些留恋，以及仍像以前那样觊觎别人的东西外，似乎没有其他以前的样子了。回来后，他声称想要回自己的东西，这件事可以追溯到鲁斌·哈洛韦尔和马丁·哈洛韦尔争吵后匆忙分配共有资产那会儿。黄石房子所在的那块地以及河流上游的那些农场的权属就一直有些模糊。安东尼从我们一起研究法律的时候就知道这件事儿，所以回来决定要把这些财产据为己有。不能否认他的主张确实有一点依据，但他不接受任何折中办法，不同意把房子折算成钱给他，所以最后贾斯珀把房子给了他。"

之前汤姆·布莱顿详述整个事件的时候，贾斯珀舅舅没插过话，但是现在却自己接着说了起来，显然他已经思考、论证并权衡过这些话上百次。

"我拥有太多，而他什么都没有，他真的需要，身边还带着妻子和两个孩子。就像汤姆说的，他的要求也有一些真实的依据，那就是权属一直不是特别清晰。另外，没有什么事情能比家庭内部争吵和分配家庭财产更惨烈，这个人欲壑难填想要更多，那个人争抢着要把别人的东西占为己有——不堪设想，我们不允许这样的事情发生。因此，我们尽量和平地解决了这件事情。我去山上建一座新房子，而那个曾是我们所有人的家的房子归他。他似乎已经对他所做的错事感到后悔，而我们也打算忘掉他的所作所为。起初我从未怀疑过他会另有所图，但是当我提出希望把那些旧物品搬到我新房子里时，他却声称那些东西都是他的。"

"我知道，"珍妮特马上点头说，"虽然他不在意那些画,却也不愿意放弃。那些画都被他放在屋檐下,上面落满了尘土。他还问我,是不是你让我去查看他把那些画放在了哪里。他想留着那些画,只是因为那些画是你的。"

"我猜他想等哪天把画卖掉。"贾斯珀舅舅回答,"因为里面有几幅画跟那座房子一样值钱。我真的很喜欢那些画作,但我也不想像以前那样为此争论不休了,因为他根本不会把那些画卖给我,所以我就彻底放弃了。即使那时候,他也觉得很有理,说那些画是用从他自称属于他的土地上挣的钱买的。但是我犯了一个大错,因为他根本不知道我为什么会屈服于他,也是从那个时候开始,他确定只要他强迫我,我就会放弃任何东西。"

奥利弗生气地咕哝着,走到窗前,他想思考一会儿,在故事继续之前都弄明白,他甚至都能想到安东尼是拿准了贾斯珀舅舅的性格:敏感、紧张,以及吃大亏都不会改变的强烈亲情。但是,他犯了一个致命的错误,认为贾斯珀意志薄弱,会任人摆布。

"成功索取让他越来越贪婪。"贾斯珀舅舅说,"他开始一次次提出要求,我才真的相信,在他心里已经开始认为我的东西都应该是他的。当我不再妥协后,他就开始无赖地耍心眼玩伎俩。但我没想到,他放任房子破败,也不修理,以此证明是我诈骗了他,而他因为太穷而无能为力。所以，我就在花园后面建了一堵高高的围墙，这样我就不用眼看着以前深爱的家一点点破败得不成样子。因为这个，他似乎控制不住地生气，跟我要这个，要那个，但我知道他的最终目的是我的一切。他今天让人给了我一封信，不知道为什么他自己不来。他在信里说，他要采取公开诉讼，到法庭上说说菲利克斯·布莱顿是如何成为他的监护人，并利用其中的盲点占有他想继承的财产。哎，我都说不出来，他的那些威胁会破坏我们的名声，也会伤害到我们对已故亲人的美好回忆。"

贾斯珀舅舅疲倦地沉默下来。奥利弗把手深深地插进口袋里，愁眉不展地站在那里盯着窗外，但看到的全是外面漆黑的夜色和窗格上反射的自己的脸。

"叔叔菲利克斯从未否认过安东尼对那处房子享有权利。"他身后的汤姆·布莱顿说，"聪明的安东尼发现了这一法律依据后无所不用其极。但即使到现在，我也完全不相信他有权利。"

"他自己也不信。"奥利弗突然扭头对他们说出他的判断，"我跟他说他就是在虚张声势，他竟然没有否认。我真是恨死他了。"他嘶哑地喊，"幸好你的蜜蜂现在不在附近！"

贾斯珀·佩顿茫然地看着他不知道他为什么说了这么

第十一章 三个表兄弟

一句，但是养蜂人却笑着摇了摇头。

"不仅仅是蜜蜂会被憎恨摧毁，生活中一切美好的东西都会被厌恶和怨恨榨干吹散。看看安东尼，他说他不喜欢任何人，不相信朋友或友情。他伤害其他人，也没有给自己带来快乐，如果我没有猜错，他的整个计划马上就会被他一手促成的大事故给搅黄。作为一个律师，我看到了很多艰辛、悲惨、肮脏的事情，但是作为一个养蜂人，我也有功夫推测事情发展的走向。而所有的一切都将导致同一个结果。"

他们围坐在桌子旁聊了很久，不停地解释、讨论、提问，直到大厅里传来低沉的钟声。已经是晚上十点，波莉眼皮沉重，开始犯困。因为她父亲一直在留心观察，所以这一幕并没逃过他的眼睛。

"女孩们已经熬了一整天，现在该上床睡觉了。"他宣布。"我们已经说完了整件事情，明白了其中的原委，剩下的只需要决定下我们应该怎么做，因为我们要与安东尼对簿公堂。贾斯珀，我们详细讨论下，奥利弗你去把车开出来，送波莉回家。"

"我跟他们一起去。"珍妮特说着从凳子上跳下来。她一直在认真地听，眼睛明亮，没有丝毫睡意。奥利弗不情愿地起身离开，因为他不想错过任何有关计划的事，想知道两个人如何运筹帷幄。但是波莉看起来已经非常疲倦，准备好了要回家。

"走吧,埃莉诺表妹。"他轻快地说,然后三个人笑着穿过大门,走下台阶。

外面非常黑,奥利弗绕过那棵倒下的大树把大轿车开出来,小心翼翼地沿着车道行驶。暴风雨过后,天空只剩下一团云,随着云层向东漂移,月亮忽隐忽现,显然等天空的云全部散尽后,一轮皓月就会升起。快到门口的时候,奥利弗降低车速,停车考虑了一会儿。风已经完全停止,他们可以听到夏日夜晚的每一种声音,甚至是因为河水泛滥而从远处传来的沉闷的咆哮声。

"你知道吗,"他慢慢开口,"我们忘了告诉他们,约翰·梅西已经离开。我想,除了我们,没人知道他直接就走了,他们会认为他还在那里盯着堤坝。今天晚上,你们听,河水的声音多大!"

"我们是不是应该去看看。"波莉说,"不会占用我们太长时间,而且那里的道路离堤岸很近。"

他调转车头,沿着陡峭的小路飞驰而去,随着月亮升起,天空越来越亮,黑暗渐渐退去。当他们爬上最后一个斜坡后,峡谷里的大地在无垠的月光下,看起来就像一幅广袤的版画——白色的田野、黑色的树木和斑驳的树影、房屋及农场建筑的影子、蜿蜒的银色河流和笔直的白色道

第十一章 三个表兄弟

路。一切都很平静,没有一座房子透出灯光,路上也没有任何移动的物体。梅德福谷在狂欢了一天后,陷入了深沉的睡眠中。奇怪的是,这种意想不到的沉睡景象突然让所有人都感到不安。

"希望没出什么问题。"奥利弗低声说,把车速提到最高飞驰着。

约翰·梅西的房子安静地立在月光下,黑乎乎的,窗户里没有一丝灯光,无人居住的房子经常会显出人去楼空的景象。他们把车停在门口附近,全部下车,走到长满高草的堤岸上,寻找是否有危险迹象。堤岸看起来足够结实和坚固,上面青草厚密,柳树依依,但是河水冲刷堤坝的沙沙声非常清晰。他们踮起脚尖,看到水流湍急,水位涨得很高,已经到了堤岸的最高处。整个山谷里都能听到水流兴奋的轰鸣声,但是就像水纹波动时在他们耳边轻声发出的汩汩声一样,他们并没有感觉到有什么不对劲。

他们沿着堤岸走着,就像月光下的三个幽灵,直到不经意走在前面的珍妮特突然停下。

"我听到一些奇怪的动静;说不上来是什么。"她说。

奥利弗低着头走到前边听。是的,他也听到了。

是一种柔和的嘶嘶声,好像他们脚底下的草丛中藏着一条小蛇。但是,这里的草没有那么厚,只有堤坝底下的沙地上稀疏地长着几根秸秆，所以不可能是蛇。这个噪音是沙粒移动引起的，当水滴搅动沙子，从中冒出来的时候，就会产生一种如同泉水的涓涓细流。他们又看了下，发现那片湿地范围大了，刚才还像杯子那么大，现在就像一个餐盘那么大。

"是堤坝里的一个漏洞。"奥利弗聚精会神地看了看，觉得洞太小不危险，"我应该能把我的大拇指塞进去。"他高兴地补充，"不是那个荷兰故事有问题，就是这个洞有问题。"

"不能马虎。"波莉马上说，"刚开始的时候通常都是这样。这——哦，快跑，快跑！"

那个冒水泡的沙圈突然向上喷出一些浑水，汇聚成一个大的泥水坑，漫过草丛，淹了他们刚才站着的地方。等跑到地势较高的地方后，他们看到泥水正朝着他们漫过来，涨涨停停，然后再涨。

"赶紧倒车出去，否则你就得在水面上开车了。"波莉指挥道，"亨利·布鲁克离这里最近，我们可以找他帮忙。要想堵住那个漏洞，必须马上喊人过来。"

他们坐在车里，奥利弗在不到车身长的地方调转车头，没等波莉说完就飞驰到了路上。"几年前，这个长长的堤坝曾经塌陷过，然后漫出来的水咆哮着淹没了这里的低

第十一章 三个表兄弟

洼地。但是，那会儿这里还没有人居住。"

他们走到一个岔路口，拐了进去，紧挨着门停了下来。奥利弗没有时间去敲门，而是直接从上面翻过去，飞奔着穿过草地，在黑暗寂静的房门前使劲敲着门。哎，为什么乡下人睡得这么沉？他一遍遍敲门，好像过了很长时间，终于看到上面亮起灯，然后听到开窗户的声音。

"你要干什么？"农民大声问，语气明显不悦，但是等奥利弗说完后，他马上就换了口气，"堤坝漏了？哪里？在安东尼·克劳福德的土地那里，是吧？好吧，也就只能是那里了。我们这附近所有人，都跟克劳福德没什么交情。当然，如果漏水非常严重的话，那么我们所有人都会遭殃。我去传递警报，然后你去找佩顿先生。"

他们离开，再次回到路上，车速像飞一样，然而警报消息似乎传的更快。农村的电话以及"好打听"每个消息的好习惯让消息在片刻间就传开。山谷脚下那个最大的农场，在中心的畜棚上有一个大钟，每当叮叮当当的钟声响起时，说明不是发生了洪灾，就是发生了火灾。回程还没走到一半，他们就听到整个山谷都是狂野的叮当声。

回到贾斯珀舅舅家的大道时，他们从车里猛冲出来，跑到房子里。两个大人还在俯身研究那些文件，贾斯珀正在听汤姆·布莱顿说话，清瘦的脸上透着坚定，而汤姆·布莱顿则平静地说着，眼里闪着从一开始就吸引到奥利弗的那种让人愉悦的热切和友好。当三个人冲进来时，他们都震惊了。

"约翰·梅西那儿的堤坝漏水了？那么约翰·梅西去哪了？"汤姆舅舅高声地问，"走了？如果我们知道他已经走了，我和贾斯珀肯定不会在河水泛滥的情况下整晚都安静地坐在这里。你们已经发出警报了？做得好。"

他们匆忙地做准备，但是当他们站在大厅的时候，外面传来了一阵飞速行驶的车轮声和一匹晃悠悠的老马被鞭打着达到最高速度时发出的马蹄声。

"是安东尼·克劳福德。"奥利弗突然说。

来人进到大厅，正是那个被遗弃的与所有人都针锋相对的表兄。他脸色苍白，那双灰色的眼睛因为紧张而变得发红，声音尖锐刺耳，但在想说话的时候却语塞了。

"堤坝……我看出你们已经知道了。我到山上查看，在月光下看到到处都是水。就在约翰·梅西那里，我来寻求帮助。"

只有汤姆舅舅接了他的话。

"约翰·梅西为什么走了？"他说。

奥利弗向前走到汤姆·布莱顿的身侧，好奇地看着他们的敌人。他的手不停地颤抖，手里拿着的破帽子都被揉

第十一章 三个表兄弟

搓碎了。

"我们发生了口角。"安东尼·克劳福德解释道,声音突然变得很小很沙哑,"我三天前解雇了他,然后还说了一些话,所以从那之后,他一晚都不愿意多待。之前都是他在看堤坝,现在,堤坝漏水了。"

汤姆舅舅又问了一个问题。

"你为什么来找我们?"他追问,"下山穿过峡谷里的田地去农场找亨利·布鲁克不是更快?你可以让他和其他人带着铁铲和沙袋去堵洪水。到他那儿只有一英里的路程,可以节省时间。"他冷酷问了一大堆问题,"你为什么来找我们?"

安东尼·克劳福德舔了舔他干裂的嘴唇,但是没有说话。所有人都知道梅德福河的洪水每秒钟都会升高,停顿了一会儿后,还是汤姆·布莱顿自问自答。

"其他地方你都不敢去,因为这次洪水就是因为你才发生的,你要了地,却不管堤坝,你赶走了约翰·梅森,如果他在的话,就不会发生这次灾难。你不敢面对峡谷里的这些人,更不敢告诉他们你都做了什么。"

对方点点头。

"我在梅德福谷没有朋友,没人愿意帮我——除了你们。是的,我不敢面对他们,发生渗漏的地方可能会把整个谷底都淹没。我觉得他们不到万不得已肯定不会出手相助。汤姆·布莱顿,我以我的生命担保,如果我们可以阻止洪水,我愿意付出任何代价。"

这是他的真心话,因为所有人都能感受到他内心的绝望和恐惧,他也并不只是担心自己,因为情况远远超出他的想象。他脑海里闪过一个个极其恐怖的画面,梅德福河汹涌的河水也许马上就会倾泻下来,横扫整个谷底,冲毁快成熟的庄稼,冲垮舒适的牲畜棚和里面圈着的牛羊马,淹没那些漂亮的白色农家和里面睡着的上百人。他正在一点一点地看清,他是如何一手造成这个毁灭性的错误,并如何把他的朋友们从他身边赶走的。他抢占土地,赶走照看堤坝的人,因为做尽坏事才遭到现在的疯狂报应。汤姆·布莱顿板着脸,但他没有看他而是看向了贾斯珀·佩顿,那个被他冤枉最多的人。

"一个人活着不能没有朋友。"安东尼说,"贾斯珀,你会支持我吗?不为我应受的报应,而为我需要的友谊?"

"是的。"贾斯珀·佩顿回答,他突然笑了,脸上完全没了之前紧张痛苦之色,"我们所有人都会支持你,安东尼。我们还是和你在一起。"

第十二章　梅德福河

当他们朝等在外面的车上走时,汤姆舅舅马上分配了任务。"我和贾斯珀一起,路过的时候会从农场接上一些人。安东尼,你最好和奥利弗一起来,因为我们想尽量召集到所有的人。你呢波莉,你想跟我一起吗?我猜你不会让你的父亲置身于危险之中,我也一样。前边还有空间,上来,和我们坐一辆车吧!"

启动引擎,第一辆车轰鸣、呼啸着驶进黑夜里。

"上来吧。"奥利弗对安东尼·克劳福德说,珍妮特打开第二辆汽车的门上车,紧贴着座位的一端给安东尼腾出地方。他们启动汽车,跟在汤姆舅舅的车后边,三个人都没有说话。当驶出车道穿过大门的时候,他们能清楚地听到,下边山谷里传来的急促的叮当声。

奥利弗因为开车太专心而没有想其他,而珍妮特则被她旁边的人吓得不敢说话。然而,安东尼突然哑声打破沉静,好像要把他的想法都大声说出来。

"我不知道我为什么返回梅德福谷。"他说,"自从我离开后,虽然历经了各种各样的事,但我最后还是都克服了。玛莎——就是我娶的那个女孩,是一名矿工的女儿,曾帮我改邪归正。我在一个矿上打工,我从没想过我会那么努力地工作。生活其实还不错,但我却一直感觉就像待在监狱里。或许那就是监狱吧,但我忘了我本来就是该住监狱的人。"

奥利弗向后靠了靠头,以便能听得更清楚些,但他也只是嘟哝着对听到的话表示了同意。因为他觉得解释并不重要,要紧的是尽快抵达山谷,不要发生什么灾祸。但是珍妮特却抬起头,睁大眼睛,急切地想到继续听下去,解开她心中的疑惑。

"我不断想起这里的家,这里有蓝天碧水和安静祥和,不像那里全是光秃秃的荒山,我想我不能在那样的地方度过我的一生,然后我告诉自己,梅德福谷的一些资产是我的,所以我可以回去,过悠闲有尊严的生活,但前提

第十二章 梅德福河

是我必须要回我的东西,而贾斯珀也愿意把我的东西给我。"

"但那不是真的。你知道他不会拿属于你的东西。"珍妮特突然说。

"我知道那不是真的,但是人们都喜欢欺骗自己,然后我就跟玛莎解释了。如果她知道实情的话,她肯定不会来这里的。但即使我说的是真的,她其实也不愿意来。但是我很确定,我认为我非常了解贾斯珀,知道怎么能威胁到他,击到他的痛处。当我还是孩子的时候,就已经知道他很骄傲、敏感、慷慨,难道知道这些还不足够吗?就像我当时所期望的一样,我得到了我想要的,但是后来我想要更多,看,这就是我贪婪的下场。"

开诚布公地承认所有的错误似乎让他得到了安慰,就好像他希望,今夜在两个正直而又聪明的小伙伴面前,让清新的空气净化掉他过去所有的错误,然后开始新的生活。

"我要走了。"他说。"不是因为我的计划没有带给我所期望的回报,而是因为我回到西部会活得更开心,到那里干苦力接受惩罚,不再耍邪恶的小聪明,学会靠自己的双手生活。我可以在那里回首我的过去,看看我是因为什么开始放弃我的正直,是从什么时候开始违背自己的良心,将那些不公正的事情认定为是公平公正的。我、贾斯珀和汤姆,我们拥有同样的机会,但是看看他们,再看看我。你们可能会想,我为什么会跟你们说这些。或许是因为只有你们看穿了我,敢跟我说,我对自己的那些索取都没有信心,说我是一个虚张声势的稻草人。好了,过了今晚,我就会回西部,去那里重新做一个真正的男人。"

听完这些话,奥利弗今晚第一次降低车速,几乎要停在路边。

"你现在想走吗?"他简单地问,"如果是的话,我们可以送你到车站。他们在那里也不需要我们,因为他们有其他人帮忙。"

"不,现在不走。我必须得先知道我犯下了什么样的罪行。等我看到洪水退去,我再走。我想看着事情都解决完。"

尽管他们已经驶到平路上,但却不得不再次降低车速,因为跟前面空荡荡的情况不一样,公路上现在挤满了车辆和行人。前面一台大拖拉机正缓慢地向前行驶,农用马车躲闪着给他们让道,道路两旁都是一些匆匆穿好衣服出门的行人。其中两个人跳到脚踏板上,但当看到谁在车里后,嘟囔着骂了几句,又跳了下去。安东尼站起来打开车门。

"我步行。"他简短地说,"这样你们就能拉满人。你们会需要每一个人。"

第十二章 梅德福河

珍妮特爬到哥哥的旁边，车后挤满了人，他们挤坐在后座上，紧贴着台阶和挡泥板，在后面坐成一排。当他们最终到达路的尽头时，看到那个半个小时前还空无一人的地方现在挤满了人、马、汽车和马车。奥利弗看到波莉正和两个农民的妻子一起站在较高的小山丘上，她们是那群人里仅有的几位女性。

一开始他还没看见有水，但是当他们挤进人群后，有一大池水就进入了他的眼帘，即使有月光，那池水也看起来黑漆漆的。洪水漫过道路，穿过篱笆，现在已经淹了约翰·梅西门前一半的草地。汤姆·布莱顿白色的身影在人群中来回穿梭着，贾斯珀舅舅站在一辆马车的座位上，正在指挥不知所措的工人们如何快速有序地工作。

"汤姆，带一半的人去铲泥堆沙袋，让其他的人去沙坑前装沙袋。清理一下道路，让马车可以来回通行。亨利·布鲁克，把你的马从车上卸下来，加入约翰逊的队伍。那辆拖拉机能拉两辆马车，另外的两辆马车我们各需要四匹马。现在去吧，把装满的沙袋尽快运过去。我们保不住约翰·梅西的房子了，但是我们可以建一条大坝，把水控制在后退一百码地势开始升高的地方。大家动作一定要快，否则就保不住峡谷了。"

奥利弗脱下外套，跳下车。

"你去找波莉。"他告诉珍妮特,"我要与其他人一起战斗。"

一个小时又一个小时,夜渐渐深了,他听着命令,不知不觉从一个任务换到另一个任务,参与了所有的工作。他帮忙挖土,却没有其他人挖的快;他把装满沙土的沙袋扛到马车上堆起来,但没有更健壮的农民走得快。最后,他坐在震颤的高座椅上,在路上开着沉重的拖拉机,后面拖着一列马车。走到沙坑前就停下,等马车装满后,再费力地拖着回去。走头一圈的时候,拖拉机的主人还坐在他旁边,指挥他如何控制这个陌生的机器,但是等他们准备拉第二圈的时候,他突然说:"你开吧。"然后就跳下车去挖土了,剩下奥利弗独自驾驶这笨重而强大的战马。

他看见人们匆忙在地上慢慢堆起半圆形的沙袋墙,他看见似乎时进时退的洪水爬到沙袋墙下,慢慢渗上来。他看见当有一大段堤坝突然开始晃动,然后轰然倒塌,他们脚下的大地都因此震颤时,所有人都屏住了呼吸。他看见泛滥的洪水咆哮着将大家费尽心血建起的防御墙一段段摧毁。

人们喊叫着拉起马车和马匹疯狂撤退,他努力解救着他那辆笨重的怪物,费力地将它开到较高的地方,然后继续投入工作。虽然他们费尽辛苦建起的壁垒还在摇晃和不断倒塌,但是毕竟对凶猛的洪水起到了一定的阻挡作用,

第十二章 梅德福河

所以他们有足够的时间重新再建一堵更长、更高、更坚固的墙，人们不顾一切地再次投入激烈的战斗中。

大家争分夺秒地一直干到午夜，再到黎明，天空已经开始泛起白光。有那么一两次奥利弗还看到了安东尼·克劳福德，看见他和其他人一起扛沙袋，尽管不断被周围人厌恶地推搡辱骂，但他还是费力地继续扛沙袋。当堤坝坍塌，人们忙着逃生时，一辆马车突然在路上倾斜，把赶车人从座位上甩下来，压到轮子底下；而拉那辆车的马匹被岸上拥挤的人群挤着无助地往后边的洪水里退。奥利弗看见安东尼·克劳福德飞快地冲到已经及膝深的洪水里，把那个人从轮子底下拽出来，吃力地扶到座位上，然后拉住受惊的马匹淌着水退到岸上安全的地方。他们顾不上道谢就马上又回去扛沙袋了，因为另一道壁垒已经开始慢慢修建。

有人在小山上生起火，波莉、珍妮特一直在帮着那两个农民的妻子煮咖啡、煎咸肉，然后把做好的食物分给饥饿和劳累过度的人。奥利弗开车沿着路往下走时吃了一个很大的三明治，但是等返回来的时候，他注意到现场出奇的平静，人们都靠着他们的铲子停工休息了。汤姆·布莱顿从头到脚都湿透了，浑身是泥，看到他后示意他过去。

"我们已经尽力了。"他们旁边一位高大的农民说，"沙袋差不多都用完了，人也都累得半死。如果洪水再冲过来，那整个山谷就保不住了。"

洪水已经升到土堤墙一半那么高，却还在继续上涨，不时从这里或那里渗漏出来。人们所能做的只是用一些泥把渗漏堵住。奥利弗感觉他们已经站了好几个时辰，盯着看，等着水位慢慢地半寸半寸地往上涨。水位已经涨到土堤墙四分之三处，还差一英尺的距离就会漫出来。然而，就这一英尺的距离后来也缩小到了六英寸。

"那边好像这会儿起风了。"他旁边一个人沙哑地说。

奥利弗回头看着峡谷上方，蓝蓝的天空代替了黎明前的灰白，树枝迎着山顶的晨风在轻轻舞动，然而谷底的空气一切还是那么平静。突然，他听见汤姆·布莱顿长长地松了一口气，然后马上回过头看。水面上方的空间是不是又多了一点？沿着土堤墙是不是有一条湿黑的线条，那是水上涨后又退下去时留下的吗？他不是在做梦，那是真的。洪水的水位在下降，洪峰已经过去。

现在天已经天光大亮了，早晨的阳光正沿着斜坡慢慢照射进谷底。奥利弗第一次清楚地看到那阴沉的一池浑水、堤坝上的裂缝和约翰·梅森那座被水淹到房檐的小房子。他看到洪水退去后留下光亮的湿地，看着洪水蔓延成一条黄色缎带，然后又从一条缎带退回成一个宽阔的闪闪发光的池水，安全了，所有的危险已经过去。

第十二章 梅德福河

"我们现在可以走了。"汤姆舅舅终于说,"虽然还有很多工作要做,但是现在我们都应该稍微休息一下。看起来,我们都已经完全湿透,相当疲惫。"

所有的亲戚们都去贾斯珀舅舅家里吃了一顿早餐。布朗太太前半宿一直搓着手焦急无助地等待,后半宿似乎指挥着其他人准备了一桌应时应景的丰盛大餐。所有的客人都高兴坏了,处于整夜战斗之后的紧张兴奋之中,没有疲惫之意。贾斯珀舅舅的两边分别坐着安东尼·克劳福德和汤姆·布莱顿,三个孩子坐在餐桌的另一端惊讶地看着他们。此时此刻,除了童年时的情谊,他们似乎忘掉了所有的嫌隙。那个唯一暗示着过去日子的不愉快的事情已经过去,整个房子里似乎洋溢着宽恕与平和。

晨风从完全敞开的窗户吹进来,掀动着长长的窗帘,并搅动着摆在餐桌上的一大捧鲜花。奥利弗狼吞虎咽地吃着鸡肉、面包卷、培根、三明治和抹着枫糖的热华夫饼,几乎没说话,认真地听着贾斯珀舅舅开心地讲笑话。经过一天一夜的焦虑、忧愁、奋战和胜利,他突然看起来就像换了一个人。餐桌上的三个大人谈论着他们小时候一起冒的险,但是奥利弗注意到他们的话题从未跨过某个特定的年份,每次他们说到快长大时的事情时,话题就又会返回到小时候。他们开心地回忆着过去的友谊,尽管长大后他们之间有些不愉快的经历，但这并没有影响他们轻松愉快地谈论那些遥远但生动的回忆。奥利弗还注意到，当他们坐在一起时，安东尼在某些方面与另外两个人有些相像，与贾斯珀舅舅一样，他的眼睛里闪耀着欢喜，与汤姆·布莱顿一样，他的下巴线条明晰。然而，还是不完全相似，他的脸上还有着与两人完全不同的神情。

当他们最后停下时，安东尼·克劳福德推后椅子，突然把大家从过去拉回到了现在。他把手伸进他外衣的内兜里，似乎是掏出一些法律文件，因为这些文件与汤姆舅舅锁在铁箱子里的那些很像。

"贾斯珀，这些是你把房子和土地给我时做的契约。我昨天早上把它们装到了口袋里，但昨晚似乎过了一年。如果可以的话，我宁愿忘掉我之前的那些心思。但是，现在我想把这些东西先处理掉。"

他把厚厚的文件一点点撕开，越撕越小，仿佛是要把这些记录着他欲望的东西彻底毁掉。从花园里吹来的阵阵清风，将这些小纸片颤悠悠地吹到餐桌上，吹到地毯上，把圆红封印沿着桌布吹落到珍妮特的膝盖上。

"汤姆需要做一些正式的文件。"他说，"但是我希望你们能完全理解，这些碎片代表着整件事就此结束了。"

贾斯珀舅舅想要说什么，却被汤姆·布莱顿抢了先。

第十二章 梅德福河

"结果比我们预想的要好,安东尼。"他说,"所以我们都既往不咎了。"

安东尼慢慢转过身,用他那洞察一切的灰眼睛看着奥利弗。

"我们要好好感谢一下这些孩子们。"他说,"尤其是他们中的……"

奥利弗猜到肯定是要说关于他的一些话了,于是马上起身,假装他仅仅是因为已经吃完早餐,所以需要离开,然后便匆匆穿过房间,从一扇对着阳台的长窗中偷偷溜了出去。但是,他还是听到从身后的房间里传出安东尼·克劳福德的话:

"是这三个孩子发现了堤坝上的渗漏;是奥利弗想到应该去查看下堤坝。是奥利弗看穿了我,看出我没有一点诚信,我的索取也无据可依,并说穿了我是什么人。"

男孩走到离窗户更远的地方,等听不到屋里人说话时才站住,双手紧紧握着阳台的栏杆,眺望着远处五颜六色的花园、延伸的绿色草坪、墙外一直通向峡谷的白色道路。不管他们会怎么说他,那些夸奖都不重要,没有什么能让他忘记,他是如何沿着那条路一直走,糊涂地打算把这里的一切麻烦抛在脑后。多亏那次偶然的相遇,要不是养蜂人友好的笑容和有趣的故事留住了他,那么所有的一切都要改写了。所以,他没有什么好值得夸赞的。

他身后传来的说话声越来越大,因为三个大人正路过大书房,他听到贾斯珀舅舅在里面说话。

"我们还得商量着重修堤坝。"他说,"安东尼,关于此事,我们必须听听你的意见。"

"去书房吧,"安东尼·克劳福德回答,"我得先找奥利弗说句话。"

他穿过窗户走了出来,其他人则继续去了书房。奥利弗转身面对他。

"我现在要走了。"安东尼悄悄地说,"我觉得你会在合适的时候帮助我。"

奥利弗马上想起了昨天晚上他说过的话,脸红了。

"你还需要走吗。"他尴尬地说,"你们又成了朋友,而他们都在这里啊?山谷里的人也不会再恨你的。"他坦率地补充,"因为他们都看到了你昨晚的表现。我相信贾斯珀舅舅也希望你能留下来。"

"如果我等他这么跟我说,我就走不了了。"对方马上回答,"所以必须是现在,趁我的决心还很坚定,否则就永远走不了。我会给玛莎写信,让她随后再来。我担心等她的时候我会动摇。奥利弗,我知道,我应该离开,这是最好的选择,因为这对书房里的他们,对整个峡谷里的人,我自

第十二章 梅德福河

己,甚至你,都有好处。走吧。"当男孩还在犹豫的时候,他继续说道,"如果你否认你也知道这点,那我对你就没那么大信心了。"

"是的。"奥利弗最后不情愿地回答,"没错,我也知道。"

他们开车沿着被雨水冲刷过的空旷道路行驶,清晨的风从他们的耳边呼呼吹过。当他们行驶到最高的山脊时,安东尼·克劳福德站起来,回望了下阳光下绿意盈盈的梅德福谷。但是,他直到抵达车站的时候才开口说话,当他们停到站台边时,火车正好轰鸣着进站。

"再见,奥利弗。"他简短地说。

男孩知道,他的这句告别不是对他说的,而是对他所离开的一切——朋友、回忆、他以奇怪扭曲的方式爱着的地方以及被他抛在身后的一切。铃声响起,一个人莫名其妙地大声喊,大概意思是"请各位上车"。火车开动了,他走了。

估计梅德福谷里的所有人都从早上一觉睡到了午后。但是,到下午四点钟的时候,奥利弗就已经赶走了身上所有倦意,珍妮特也是。因为经历了昨晚的兴奋,他们现在无法安静下来,他们发现房子里非常安静,贾斯珀舅舅也不知道去了哪里。他们去车库把车开出来,沿着熟悉的道路驶向风之丘。

"就去看看他们是不是在那儿。"奥利弗对珍妮特说。

他们穿过草丛爬上山坡,看见上边冒出缕缕青烟,很明显是养蜂人正在工作。看见他们,波莉快乐地打招呼,因为她跟他们一样,经过了几个小时的睡眠后,也精神焕发。她的父亲看起来还是很疲惫,好像并没有睡觉,而是沉思了一段时间,但他还是愉快地招呼他们。山上到处都是柔和、忙碌的嗡嗡声,雨后是一年四季中最适合蜜蜂采蜜的时间。

"我们认为必须检查下暴风雨对我们的蜂巢有没有造成什么损坏。"养蜂人说,"只有三个蜂箱被吹翻了,里面的蜜蜂当时肯定非常骚乱。现在,我们得整理一下所有的东西,但是说实话,今天应该干不了太多活了。"

"你是太累了吗?"珍妮特问,"不能讲故事了?"

"不是,"他回答,"对于一个像波莉父亲这样训练有素的人来说,讲故事是信手拈来。我以为没有人会像她那样要求讲故事,但你们就是例外。"

他们在草地上坐下来,周围都是那棵大橡树的阴影,随着太阳在午后不断西移,那个阴影不断地延伸再延伸。他们挑了一处陡峭的山坡,这样他们就可以俯瞰整条蜿蜒

第十二章 梅德福河

的小溪、零星的屋顶，以及那些像一大片绿色花园一样安全平静地躺在河边等着果实成熟的庄稼。养蜂人上下打量着峡谷，眼睛停留在对面斜坡上的时间最长，那里小树林边缘的黄色农舍露出宽大的灰色屋顶，一条白色的小道蜿蜒着通到门口，一排宽阔的窗户在阳光的照射下开始闪烁发光。

"可怜的安东尼。"他最后慢慢地说，"要被驱逐出他深爱的地方。然而，当一个人开始混淆是非的时候，他会认为这都不算什么！"

他长叹一口气，然后转身面对女孩子们，脸上露出他一贯的笑容。

"一个故事？"他重复道，"讲一个新的故事吧，我就说说梅德福谷被尘封的历史，告诉一些你们应该知道的事情。我们正经历着那个故事的最后一章，现在我们可以讲讲新故事了。"

奥利弗舒服地靠在草地上，盯着晴朗的天空，和橡树在蓝天映衬下的黑色轮廓。它的树枝正迎着从海上吹来的经久不息的海风舞动着，当养蜂人开始讲故事的时候，瑟瑟的声音慵懒地与他的声音混在一起。

"从前……"